奥の奥の森の奥に、いる。

山田悠介

幻冬舎文庫

奥の奥の森の奥に、いる。

悪魔の子孫を残すのが、十四歳のメロの最後の仕事だった。

降りしきる雨の中、家畜の世話を終えたメロは二人の看守に呼び出された。月の光も僅《わず》かにしか届かない闇だった。

襤褸《ぼろ》の服をまとったメロの腰には瓢箪《ひょうたん》がぶら下がっており、中に入っている水がポチャポチャと音を立てる。

広大な土地に耕された畑にはねぎや白菜が育ち、厩舎《きゅうしゃ》からは牛や豚や鶏《とり》の糞《ふん》の臭《にお》いが漂う。辺りには多くの看守。皆、紺の制服姿である。

メロは村民が暮らす民家から少し離れた小屋に連れてこられた。

小屋はいくつも建てられており、どこからか微《かす》かに若い女の泣き声が聞こえてくる。と思えば、喘《あえ》ぐ声も聞こえてきた。

メロは雨に濡《ぬ》れた髪の隙間《すきま》から二人の看守を見た。

目が合うが、看守たちは無言だ。右手には警棒を持ち、左手には傘。腰には銃を差している。


無論メロは丸腰であり、傘すら持っていない。

無言だが、その目は早く小屋に入れと言っている。

メロは小屋に入りたくはないが、仕方なく小屋の扉を開けた。

そこは六畳程の広さの小部屋で、窓はあるがカーテンはなく、天井には豆電球さえない。中央に薄い布団が敷かれているだけである。

その布団の上に、ミナという十三歳の女の子が裸で股《また》を広げて待っていた。

メロはこの瞬間初めて、この日の『相手』がミナであることを知った。ミナも同様である。

薄暗い中、ミナはメロだと知ると目をそらした。無言のままだが、早く終わらせてくださいと言っているようである。

メロは振り返り看守たちを見た。メロのその目は、憤りを通り越し、悲しげだった。

小屋の中には裸のミナが股を広げて寝ているが、看守たちは覗《のぞ》くようなことはせず、早くしろというように顎《あご》をしゃくった。

その時、民家の方から豚の悲鳴が聞こえてきた。

メロには一瞬人の悲鳴に聞こえ、ヒヤリとした。

どうやら村民たちが家畜を殺したらしい。

小屋の扉を閉めると、ミナの姿が分からないくらい中は真っ暗になった。

メロは濡れた洋服を脱ぎ、水の入った瓢箪を床に置くと、ミナに近寄り、ミナの陰部を手で探した。

当然ミナは乾いていた。メロも萎《な》えたままである。

それでも繁殖作業を行わなければならなかった。

命令に逆らえばミナまで看守に殺される。自分だけならまだしも、ミナを死なせてはならないとメロは思った。

悪魔の遺伝子を持って生まれてしまったが故《ゆえ》、『悪魔の子供を産むだけ』の不幸な人生であるが、それでもミナには未来があるのだ。

メロは自分の手で勃起させると、唾液《だえき》でミナの陰部を濡らし、ミナにペニスを向けた。

しかし直前、メロの動作が止まった。

脳裏を、同い年の『サラ』の笑顔が過《よ》ぎったのだ。

この隔離された村で一緒に過ごし、幼い頃からずっとずっと密《ひそ》かに想い続けてきた人。お転婆で、でも笑顔が可愛くて、優しくて。

メロは、自分がもうじき悪魔の力を発現し、殺される運命にあることを知っている。

せめて最後の相手は、サラがよかったとメロは思った。

眩《まぶ》しく光るサラの笑顔を頭から振り払うと、再び真っ暗闇に包まれた。

メロはぎゅっと目を瞑《つむ》り強引にミナに挿入した。

暗闇の中、メロは激しく腰を動かし、やがて果てた。

ミナから離れると白濁した液が垂れた。

メロは、無理矢理『悪魔の種』を仕込まれたミナが気の毒であり、悪魔の子供がお腹《なか》に宿らないことを祈った。

メロは起き上がるとすぐさま服に着替えた。

その頃には目も暗闇に慣れて、ミナの姿がはっきりと映っていた。

メロに顔を背けてミナは泣いていた。


小屋の扉を開けると、一人の看守が小屋の中に入っていった。

繁殖作業が正しく行われたかどうかを確認するのである。

メロはもう一人の看守についていく。

ほんの数分の性行為であったが喉《のど》が渇き、メロは腰にさげている瓢箪を手に取った。

その時、別の小屋の扉が開き、中からリュウが出てきた。

メロと同じ十四歳のリュウは身体《からだ》が大きく村一番のやんちゃ者であるが、無理矢理性行為をさせられたことでメロと同様に暗い顔をしていた。

リュウの隣の小屋でも音がする。更にその隣からもギシギシと音が聞こえる。

男の方は、シンか、メルツか、ザキか、デクだ。

現在村に男子は約百人いるが、看守以外で成人している者はおらず、精巣機能が発達している男はメロを含めたった六人だ。

シンたちも全員同い年で、ずっと一緒に生活してきた大切な仲間だ。

女の方は、誰だか全く分からない。

サラじゃないかと思うとメロは心が痛んだ。

最後にもう一度サラに会いたいと思う。

嫌だけれど、リュウがいた小屋からサラが出てこないだろうか、と思う。ここでサラが出てこなければ、恐らく二度と彼女には会えないのだ。

メロはサラの姿を待った。看守に命令されても動かずサラを待った。

しかし出てきた女性はサラではなかった。

メロたちとは倍以上年が離れているラミという女性だった。

雨の中、メロは力なく看守の後ろを歩いた。整地されていない道はすぐに水がたまり、メロはすっかり足元が泥だらけだった。

先にはリュウの姿があり、メロを振り返ると手を上げて住居の中に入っていった。

リュウには二十九歳の母ロナと、五歳の弟ハルがいる。リュウが戻ると、古屋の中からハルの嬉《うれ》しそうな声が聞こえてきた。

そのハルの声がメロの心を苦しめる。

メロは小さく、

「バイバイ」

とリュウに言った。

リュウだけじゃない。シンにも、メルツにも、ザキにも、デクにも、もう会えないだろう。

近いうち皆処分される。

皆《み》、『人間の魂を喰《く》う悪魔』に変貌するだろうから。


メロは自分たちが生まれ育ったこの村の本当の名前を知らない。

場所について知っているのは、ここが『長崎県』であることだけだ。

メロたちが住む村は、地図にも載らない森の奥深い場所。衛星写真で見ても上空に靄《もや》がかかっている。

ここは日本政府の管理下におかれ、国から命を受けた看守たちが、悪魔たちの出生と成長を厳重に管理している。まさに『悪魔牧場』だ。

日本政府はメロたちが暮らすこの村を『悪魔村』と呼んでおり、悪魔村は他にも四カ所、青森県の北部、群馬県の南部、鳥取県の西部、そして北海道の東部に存在する。

悪魔村の存在は国民には知らされず、文献も殆《ほとん》ど残されてはいないが、その誕生は四百年以上前だと言われている。対馬からやってきた五人の男たちを、当時肥州《ひしゅう》の国を統治していた壱岐《いき》大名が迎えたのが悪魔村の歴史の始まりだと言われている。

その五人の男たちは姿形は人間の幼い少年であったが、実は『人間の魂を喰う悪魔』であり、また、人間の力では到底太刀《たち》打ちできないほど桁外《けたはず》れの腕力と素早さを併せ持っていた。

人間たちはそんな異人たちの存在を恐れた。しかし、彼らにも唯一弱点があった。

それは、人間の魂を喰わなければ生き続けることができない、ということである。

壱岐大名は異人たちの性質を理解した上で手厚くもてなし、異人たちを戦に出兵させたのである。

軍を率いた異人たちは徳川軍に幾度となく勝利をもたらし、徳川軍の勢力拡大に多大な功績をあげた。

　すると壱岐大名は更なる勢力拡大のため、異人と人間の女を次々と掛け、『悪魔』を繁殖させようと目論《もくろ》んだ。

　しかし、女はどんなに成長しても人間の魂を喰う悪魔になることはなく、また、男が生まれたとしてもその殆どが十歳までに原因不明の病で死を遂げた。

　彼らは、恐ろしい血が流れている代わりに生命力が弱かったのである。

　統計で分かったのは、人間の魂を喰う悪魔になるのは男子のみだが、出生した男子のうち悪魔にまで育つ確率は僅か三パーセント。というのも、残りの九十七パーセントは生命力がとても弱く十歳未満で死亡するからだ。

　しかし十年の壁を越えられれば、十五歳を迎える年までは確実に生きられる。

　ただ十年の壁を越えた者は『必ず』悪魔となってしまうのだ。

「十五歳になる年まで確実に生きられる」というのは、ある理由がある。悪魔になるのは、十五歳を迎える年以降であるからであった。

　悪魔になる時期はそれぞれであり、誰にも予測はつかない。十五歳を迎える年の一月一日に悪魔になる者もいれば、十年経《た》っても悪魔にならない者もいる。しかし、いずれ必ず悪魔化する。

悪魔となった者は人間の魂を喰わなければ生き続けることができなくなり、逆に言えば、人間の魂を喰い続ければ永遠に生き続けることができる。

しかし実際人間の魂を喰う悪魔たちが貴重な存在とされていたのは第二次世界大戦頃までだった。

時代が流れ、世界が平和になるにつれ、人の魂を喰う悪魔は政府にとって単なる『人間の命を脅かす存在』でしかなくなった。

それでも尚《なお》、政府が彼らの血を絶やさないのは、ある悪魔の誕生を切望しているからであった。

それは、『人間の記憶を喰う悪魔』である。

悪魔となるのは、出生した男子百人中三人の少年で、しかも彼らは九十九・九パーセント以上の確率で人の魂を喰う悪魔となるのだが、極々僅かな確率で、『人間の記憶を喰う悪魔』が誕生することが分かったのである。

しかしただ単に記憶を喰うだけであれば政府は彼らの血を絶やしていたであろう。

実は記憶を喰う悪魔はもう一つ、『喰った記憶を別の人間の脳に移す力』を持っているのだ。政府が欲しているのはこの能力であった。

超希少種の悪魔が初めて誕生したのは、いや、政府が初めてその存在に気がついたのは一八六八年だった。

記憶を喰う希少種も、魂を喰う悪魔と同じように人間の記憶を喰わなければ生きていけない。政府は囚人等、国にとって不要な人間の記憶を餌《えさ》として与えながら、国家機密を握る権力者や死が間近に迫った偉人、時には政府要人の記憶を喰わせ、出生直後に捨てられた赤ん坊等の脳に記憶を受け継がせ、姿形は違えど、多くの『コピー人間』を作ろうとした。

二人目の希少種が誕生したのはそれから五十年後の一九一八年だった。

政府は、やはりその時も同様に希少種の能力を利用し、多くの人間を操ったのである。

しかし希少種の寿命は短く、一人目は二十年足らずで死亡し、二人目も二十三年しか生きることはなかった。

政府は、いずれの希少種にも、悪魔村で幾度もの繁殖作業を行わせ、悪魔の血が流れる女たちにできる限り多くの子供を産ませている。

しかし呪《のろ》われているかの如《ごと》く、生まれてくるのは女ばかりで、貴重な男が生まれても悪魔になるどころか十歳になる前に死亡してしまうのが殆どだ。

無論現在も、希少種の遺伝子を持った女性は存在する。事実、その女性たちは今でも何人もの子供を産んでいる。

だが希少種どころか悪魔にもならず死ぬ子供ばかりである。

これが『悪魔牧場』の現実だ。

三人目の希少種を待ち望む政府の期待は、明日一月一日、いよいよ十五歳になる年を迎えるメロたち六人にかかっていた。

二人目の希少種が誕生してから、来年でちょうど五十年目。一人目の希少種を発見してから二人目が誕生したのも五十年後だった。

それ故に政府には予感めいたものがあり、今回は特にメロたち六人の中に希少種がいるのではないかと注目しているのであった。

突然夜空に稲光が走り、天の逆鱗《げきりん》に触れたかの如く嵐になった。

傘を差す看守は走り出すが、メロは立ち止まった。

視線の先には、荒れた土地に不自然に舗装された一本の道路。

道路はすぐ先にある森を切り裂くように一直線に続いている。

メロはその道路を羨《うらや》むような瞳で見つめ、いつの日か母に言われた言葉を思い出した。

この道路をひたすら進んでいけば、人間たちの住む『街』というものがあるらしいよ。

街には普通の人間が暮らしていて、みんな幸せなんだってさ……。

母の言葉が本当かメロには分からない。

でも事実、一週間に一度、街からこの道路を通って大型バスがやってくる。

主に米と生活用品、たまに子供たちの遊び道具等が載せられており、数人の医者も乗ってくる。

村には二階建ての病院があり、医者は交代制で村人を診ている。

ここでは診療する若者の殆どが妊婦である。

普段医者は村人と目も合わせようとしないが、妊婦には丁寧に接している。

この村では子孫は宝だ。

病人でも、助けるのは助かる病にかかった者だけだ。妊婦や軽い症状の者に対してだけ『医者』になる。不治の病に倒れた男子は一切診ない。

だからメロは、医者を医者だとは思っていない。白衣を着た鬼だと思っている。

「何している。早く来い」

看守が抑揚のない声で言った。

メロは頷《うなず》き、泥道を歩く。

頭の中では、一直線の道路の先に広がる夢の世界を描いていた。

しかし本当の『街』を知らないメロには、ぼんやりとしか映像が浮かんでこない。

普通の人間に生まれたかった。

もうじき死ぬ運命にあることを知っているから、メロはいつも以上に強く思う。


看守が小さな古屋の前で足を止めた。

周辺には全く同じ形の建物が何戸も建ち並んでいるが、何処《どこ》が誰の住居かはしっかり把握している。

そこがメロの住居にもかかわらず、看守は断りもなく勝手に扉を開けると、入れ、と命令した。

まるで牢獄に入れられるかのようであった。

メロが住居に入ると、看守は無愛想に扉を閉めた。

住居には母のアンが正座して待っていた。先月四十六歳になったアンは悪魔村の最年長だ。女は男よりもずっと長生きだが、それでも四十年以上生きる者は珍しい。

アンは百四十センチと小柄で、痩《や》せ細っている。髪は白髪交じりで栄養が行き届いていない。

アンは小さな身体で震えていた。

住居の中は外と変わらずとても寒い。

赤いちゃんちゃんこを羽織ってはいるがあまり効果はなさそうだった。

何せ住居に床はなく、地面に藁《わら》が敷かれているだけなのだ。

一見豚小屋と変わらない。

暖を取りたければ外で薪《まき》を燃やすしかないが、今は大雨だ。身体を温めるには、薪で風呂を焚《た》くしかない。

看守が去るとアンは箪笥《たんす》からタオルと着替えを取り出し、メロの濡れた髪や氷のように冷たい身体を拭《ふ》いた。

「寒かったろう」

「大丈夫。ありがとう母さん」

「風呂に入るだろう？　沸かしておいたよ」

「先にご飯を食べよう。冷めちゃうよ」

天井には薄明かりが灯《とも》り、真下の卓袱台《ちゃぶだい》をうっすらと照らしている。

卓袱台には雑穀米と、豚バラ肉と卵の煮付けが用意されていた。

メロが繁殖小屋に入る直前に悲鳴を上げた家畜に違いなかった。

「風邪ひいちまうよ」

「大丈夫だよ。食べたらすぐに入るから」

「そうかい。なら、食べようか」

メロは卓袱台の前に座り箸《はし》を手に取った。

「さあさあお食べ。豚はお前の大好物だろう？」

「うん」

そう返事はしたものの、明日からのことを考えるとあまり食べる気分にはなれなかった。

住居でこうして晩ご飯を食べられるのも、今日が最後だ。

年が替わる明日からメロたち六人には『鑑別』が行われる。

それが最も残酷な方法で行われるが故、想像するだけでメロはもう死んでしまいたかった。

無論母も承知しているが、一切表情には出さない。

「ほら、お食べ」

笑顔で言った。

「うん」

母の最後の手料理を食べると、少しは心が落ち着いた。

「美味《おい》しいかい？」

「美味しい」

「そうかい。よかった」

メロは料理を食べながら聞いた。

「母さん今日は一日何をしていたの？」

四十六のアンは昨年閉経し、悪魔村の女としての仕事を終えている。

だからメロは気軽に母の一日を聞くことができる。

しかしメロは複雑な想いであった。

子供を産めない身体となったアンは国からすれば不要である。それ故に貧しい暮らしをさせられている。

子供を産むことのできる女性がいる住居には雑穀米や豚バラ肉等ではなく、十分な白米と食材が届けられる。

住居だって、地面に藁ではなく畳が張られており、冬にはストーブが支給されるのだ。

もっとも、アンがまだ子供を産むことができる身体であったとしても、他の者たちと同様の暮らしはさせてもらえなかったかもしれない。

なぜならアンはメロを含めて五人しか子供を産んでいないのだ。

しかもそのうち、生きているのはメロだけだ。

産んだのは全員男の子だったが、メロ以外の四人は皆幼い頃に死んでしまった。

それでも、もうすぐ悪魔になるメロを産んだのは事実である。もう少し大事にされてもいいはずだ。メロはそう思うと余計に複雑であった。

「今日は一日中畑仕事と薪割りをしていたよ」

「そう」

一方、アンはメロに一日の出来事を聞かなかった。無論、メロが繁殖小屋に行ったことを知っているからだった。

メロは母の顔を見ながらふと思った。

僕たちの人生は一体何だったのだろう、と。

悪魔村での男の義務は労働と繁殖のみで、教えられたのは基礎会話と、野菜の育て方、家畜の世話の仕方、それに、SEXの仕方のみだ。

運が良いのか悪いのか十四まで生きたメロは、十歳まで毎日畑仕事や家畜の世話をさせられた。

長く生きた分、四人の兄弟、そして多くの仲間の死を見てきた。

十一歳になり生殖機能が発達すると、今度は繁殖が主な仕事になった。

五日おきに女性とSEXさせられ、多くの女性のお腹に子供を宿らせた。

無論リュウたちも同じだ。だから誰が誰の子か分からない。ただ罪悪感だけが残るのだ。

長い長い十四年間だった、とメロは思った。

今日最後の仕事を終え、明日からはもう『死』を待つだけだ。

自分たちは悪魔になるために飼われ、悪魔になるのを望まれ、そして、悪魔になった瞬間に殺される……。

「母さんは、大きな罪を犯したんだね」

突然アンが言った。

アンの瞳から一筋の涙がこぼれた。

「罪？」

アンは下を向いたまま、

「アンタを産んでしまった。ごめんよメロ」

と言ったのだ。

メロは心臓を貫かれた想いであった。

「僕の方こそ、ごめん」

意外そうな目を向けるアンにメロは、言った。

「今日まで生きてしまって。兄弟みたいに早く死ねば、母さんが苦しむことはなかったのにね」

メロの言葉にアンは急に噎《むせ》び泣き、メロはすぐさまアンに寄り添った。

「大丈夫かい」

身体を優しくさすりながら言った。

アンは大丈夫と言うが、喉を詰まらせ激しく咳《せ》き込んでいる。

「お水飲みな」

アンもメロと同じ瓢簞の水入れを持っており、メロはアンに水を飲ませようとアンの瓢簞に手を伸ばした。

するとアンはなぜか慌てて瓢簞を手に取り、大事そうに胸に抱えたのだ。

メロはアンのこの動作がとても不思議だった。

水は確かに大事だが、瓢簞は特別なものではない。

メロがあげたのならまだしも、瓢簞の水入れは看守から支給されたものなのだから。


この日の夜は、メロの人生の中で一番長い夜となった。

十時過ぎにはアンとともに床に就いたが眠りに就くことはできず、ずっとずっと母の背中を見つめていた。

メロは、自分が悪魔になる覚悟はできている。死ぬことに対しても恐れはない。

ただ、母に辛い想いをさせてしまうのが苦しかった。

いっそのこと、母を殺して自分も死のうか。

その方がずっと幸せなんだ。

メロは本気で迷ったが、結局決断する勇気を持てぬまま一月一日、新たな年の朝を迎えた。

アンはいつものように朝食を作り始めた。しかし看守は二人に朝食を食べる時間すら与えてくれなかった。

七時前にいきなり扉が開いた。

外には五人の看守が立っており、二人に住居から出るよう命令した。

雨は止《や》んでいたが、地面はまだ泥水で覆われている。

身を切り裂くような寒風が吹きすさぶ中、二人は罪人の如く両手に手錠をかけられ看守にグイグイと北の方に引かれていく。

メロはふと振り返った。

長年暮らした住居や、たくさんの野菜を育てた畑、それに、大切に育てた家畜たちが段々小さくなっていき、やがて瞳から消えた。

メロとアンは繁殖小屋や病院を通り過ぎ、森の中へと連れて行かれる。二人とも初めて通る道であった。

太陽の光は木々に遮られ、カラスが上空を飛び回っている。

ここは地獄に通ずる森なんだとメロは思った。

泥道をひたすら歩き森を抜けると、メロの瞳に荒野が広がった。

そこから更に北に歩いて行くと、殺風景な場所に突如灰色の建物が見えてきた。鉄筋コンクリートの建物には窓が一切なく、まるで巨大な箱のようである。

これからここに閉じ込められるのだが、建物内がどのようになっているのか、想像を巡らす必要は特になかった。

唯一の出入り口と思われる鉄の扉の前には、同じくこれから建物に閉じ込められる五人の仲間たちと、その母親たちの姿があった。

仲間たちとはもう会えないものだと思っていたメロは、会えただけでもよかったと思う。最後、せめて少しだけでも仲間と話したいが、それすらも許されないであろう。

メロは仲間たちの瞳を見ることしかできない。

しかし唯一、メロと目を合わさない、いや正確に言えばメロを一瞥《いちべつ》しただけで、仲間と通じ合おうとしない者がいた。

村一のやんちゃ者であるリュウだ。

リュウだけは、看守の中に紛れる一人の少年をひたすら睨《にら》みつけて、そこから視線を外さなかった。

キラである。

キラは襤褸の服をまとったメロたちとは対照的に、金の刺繍《ししゅう》が施された生地の衣装を身にまとい、靴も革製の立派なものを履いている。肌も顔立ちも、メロたちとは比べものにならないくらい綺麗だ。髪だって上品に結っている。

唯一の共通点は、キラも瓢箪の水入れを持っていることくらいだ。

ただ、キラだけは瓢箪の水入れを五つもさげており、その全てに金箔《きんぱく》が貼られている。

メロはキラに対してリュウのような怒りはなかったが、それでもキラからすっと視線をそらした。

彼も同じ十四歳だ。

しかしキラだけは建物に閉じ込められることはない。

七歳の時に悪魔村にやってきたキラは特別なのだ。七年間一緒に過ごしてきたとはいえ彼だけは仲間ではない。

その証拠に、キラの表情は普段どおり冷静で、メロには何の感情も抱《いだ》いていないように見えた。

仲間でないとはいえ、メロにはそれが悲しく思えた。

全員が揃《そろ》うと、一人の看守が鉄の扉を開けた。

メロたちは扉の方向に身体を向かせられ、屋内へ歩くよう命令される。

メロは全員が心配だったが、特に心配なのは先頭にいるシンだ。

仲間の中で一番小柄なシンは最も優しい心の持ち主であるが、その反面、繊細で、臆病《おくびょう》で、今も身体がガタガタと震えている。

「大丈夫か？　シン」

看守に殴られるのを承知でメロはシンに声をかけた。

しかしシンはメロを振り返らない。

「シン、シン！」

メロはテレパシーを送るようにシンを呼んだ。

その時だった。

遠くの方から男たちの叫び声が聞こえてきた。

皆足を止めて振り返る。

メロの瞳に最初に飛び込んできたのはリュウの弟であるハルの姿であった。待って、待ってと叫びながらやってくる。

次の瞬間メロは身体中が熱くなった。

ハルの後ろに、サラがいる。

サラは五歳のハルと一緒に、必死に、懸命に、みんな、みんなと叫びながらやってくる。

全力で走ってくるハルとサラの後ろには二人の看守の姿があり、待て止まれと命令している。

捕まるのは時間の問題であった。

「サラ！　サラ！」

メロは必死に叫んだ。

できることなら最後に抱きしめたい。それが無理ならせめて自分の気持ちを伝えたい。

「みんな！」

サラの声が荒野に響く。

「サラ！」

声を震わせながら叫んだのはメルツだった。

メロは、思わずメルツの横顔を見た。

メロと同様、メルツは恋する瞳をしていた。

メロはずっと前から知っていた。

メルツも幼い頃からサラが好きだったことを。メルツも同様に、メロの気持ちに気づいているはずだ。

再びサラに視線を向けたメロは、最後に思う。

サラはどっちが好きだったんだろう、と。

「母ちゃん！　リュウ兄ちゃん！」

「おいみんな！」

ハルとサラが白い吐息と一緒にグッと手を伸ばす。

メロも手錠のかけられた両手をグッと伸ばした。

しかし最後、メロはサラの指に触れることすらできなかった。

とうとう二人は看守に捕まってしまい、看守はメロとサラの間を引き裂くようにしてサラを連れて行ってしまった。

同時に、リュウと母親が建物に連れて行かれる。

「ハル！」

「母ちゃん！　リュウ兄ちゃん！」

シン、メルツ、ザキ、そしてデクも連れて行かれる。

最後に、メロであった。

母親とともに引きずられながら、メロはサラを振り返る。

サラはすぐそこで叫びながら抵抗しているが、メロは彼女との距離をとても遠いものに感じた。

「サラ……」

メロの脳裏に、サラと過ごした日々が走馬灯のように蘇《よみがえ》る。

幼い頃は毎日のように一緒に遊び、仕事を与えられるようになってからは同じ畑を耕し、野菜を育て、家畜を可愛がった。

思えば毎日が同じような日々だったけれど、何よりも大切な想い出。

サラの笑顔が遠ざかっていく……。

メロは最後の最後まで一瞬たりともサラから目を離さずサラの姿を瞳に焼き付けた。

メロが建物に入れられると鉄の扉は閉められ、閉まりきった瞬間、太陽の光が遮断されて一瞬目の前が真っ暗になった。

もう、耳を澄ましてもサラの叫び声は聞こえない。

なかなか扉の前から動くことのできないメロは、サラとハルの身を案じていた。

二人に罰が与えられないことを祈ると、

「さようならサラ」

最愛の人に別れを告げた。


メロや母親たち十二人は一列となり、全面コンクリートの狭い廊下を歩かされる。

建物内は空気が悪く、肌寒い。

コンクリートの天井には蛍光灯が灯っているが、どれも切れかかっていて、目がちかちかする。

三十メートル程先に、下に降りる階段がある。階段の先にはいくつか部屋があるようだった。

看守はメロたちに階段を降りるよう命令した。

地下一階は、一階と同じく全面コンクリートの空間であるが、一階以上に寒くて、薄暗い。

到底人間が暮らせる場所ではないが、メロの視線の先にいくつもの檻《おり》が映った。

やはり思ったとおり、それぞれ檻の中に入れられるんだなとメロは思った。

看守は檻の鍵を開けると最初にリュウ親子を中に入れた。

他の親子たちも次々と檻の中に閉じ込められていく。

唯一、シンだけがメロを振り返った。

怯《おび》えるシンに、メロは頷いてやることしかできなかった。本当は大丈夫だと言ってやりたかったが、メロには言えなかった。もうじき自分たちは死ぬのだから。

「入れ」

看守がメロとアンに命令した。

檻の中も全面コンクリートで、広さも僅か四畳しかない。

無論食料や生活用品等はなく、あるのはトイレと布団と、天井に設置された監視カメラだけだ。

看守は檻の扉を閉めると、何も言わずに去っていった。

看守から一切説明はなかったが、メロとアンは何もかも理解している。

十五歳になる年を迎えたメロたちはこれから『魂を喰う悪魔』か、或《ある》いは国が望む希少種、『記憶を喰う悪魔』となる。

それを最初に鑑別するのは看守ではなく、母であった。

悪魔の力を発現する時期はまちまちで、また、初期症状もそれぞれ異なる。

興奮する者もいれば、何の症状も現れない者もいる。それ故、見た目だけでは判断できない時もある。

共通しているのは、魂を喰う悪魔も、記憶を喰う悪魔も、実際に人間の身体に触れて〝喰わなければならない〟ということだ。つまり、見定めるには『喰われるためのもう一人』が必要となるのである。

つまり母親たちは実験台であり、これが彼女たちにとって悪魔村での最後の仕事であった。

悪魔はいずれも、『喰わなければ』生き続けることができない。

いずれ人間の感情、理性を失い、母親であろうが『喰う』時がくる。

仮に母親の記憶が喰われていれば、どちらも『命』は助かるが、殆どの親子が残酷な死を迎える。

母親の魂が喰われたのを確認された瞬間、悪魔はその場で看守によって射殺されるからだ。


看守たちが階段を上って戻っていくと、地下はしんと静まりかえった。

すると、どこからか泣き声が聞こえてきた。

すぐにリュウだと分かった。弟のハルを思い浮かべて泣いているに違いなかった。

リュウが泣くなんて、初めてだった。

リュウの泣き声を聞いていると悔しさが込み上げる。

突然ザキが激しく叫んだ。鉄格子がガタガタと揺れる音が地下に響く。

「人間どもを皆殺しにしてやりてぇよ！　あいつら絶対許さねえ！」

ザキはこの中の誰よりも人間を恨んでいる。

ザキは暗い過去を抱えており、その出来事がきっかけで人間を激しく恨むようになってい
た。

「落ち着いてよザキ。冷静に考えよう」

興奮するザキにそう言ったのはデクだ。

デクはザキとは対照的に、怒りとか恨みを持たない。いやそんな感情は知らないと言った
方が正しいかもしれない。

また、デクは仲間の中で最も争いごとを嫌う性格で、喧嘩の仲裁に入るのはいつもデクだ
った。

「こんな状況で何を考えるってんだよ。お前は悔しくないのかよ」

「仕方ないよ。僕たちは悪魔になってしまう運命なんだから」

「…………」

「それよりザキ、助かる方法を考えた方がいいんじゃないのかな」

「何？　助かる方法だと？　そんなもん一つもあるはずねえだろ！　ここにいるみんなが死
ぬんだよ」

「僕は、お母さんを傷つけたくない。みんながお母さんを傷つけるところも見たくない。その前にここから出たいよ」

ザキが鼻で笑って言った。

「そりゃ無理だぜ。俺たちはな……」

「ザキ」

すかさずメロが止めた。

ザキの舌打ちが聞こえてきたが、ザキはそれ以上は言わなかった。

リュウは、まだ泣いている。

「リュウ、大丈夫かい？」

声をかけても返事はこなかった。

「シン。お前は大丈夫か」

メロは一番気にかけているシンに声をかけた。

当然返事はこない。

なぜならシンは耳が聞こえないからだ。無論喋《しゃべ》ることも殆どできない。

だからメロは、幼い頃からシンのことを気にかけてきた。

小さい頃、鬼ごっこや隠れん坊などの遊び方を教えたのはメロだったし、仕事の内容がいまいち理解できないシンに一から教えたのもメロだった。

思えば、いつも隣にいたのはサラではなくてシンだった。

「大丈夫。シンは落ち着いているわ」

代わりにシンの母、モナが答えた。

メロは少しは安心したが、心は重いままである。

皆に未来はない。この地下と同じ、暗いままだ。光が射すことはない。考えたくはないが、ザキの言うとおり、ここにいる皆が死ぬ運命なのだから。

サラ……。

気のせいか、そう呼ぶ声が聞こえた。

気のせいでなければメルツだ。

喋ることのできないシンはともかく、メルツだけは先《さっき》からずっと静かだ。ショックから立ち直れないといった様子である。

メロは、ずっとサラを思い浮かべているのであろうメルツに声をかけようと思う。

が、なかなか言葉が見つからず、ふと母を振り返った。

母はコンクリートの壁によりかかり、何かを考えているようだった。

「母さん」

声をかけるとアンはハッと顔を上げ、薄い笑みを浮かべた。

「ごめんよ、全て僕のせいだね。今日まで生きてしまったせいだ」

アンは首を横に振った。

「怖いだろう？」

メロがそう言うとアンは立ち上がり、メロを優しく抱きしめて言った。

「私はアンタの母親だよ。怖いなんて思うはずがないじゃないか」

メロは母に甘えるように身体を預けた。

母さんはどんな時でも温かいなあとメロは思った。


檻に閉じ込められてからどれくらいの時間が経ったろう。

恐らく数時間は経過しているはずだ。他の檻から仲間たちの息遣いが聞こえてくる。

メロは腰にさげている瓢箪の水入れに視線を落とした。

もの凄《すご》く喉が渇いている。皆も同じはずだ。水と食料が欲しい。

まさか何も支給されないということはないはずだ。飢え死にさせてしまったら意味がないのだから。

とはいえ、いつ水と食料が支給されるか分からないメロは、瓢箪の水を飲んでしまうのが不安だった。

あとほんの少ししか残っていないのだ。

こんなことになるのなら補充しておけばよかったと後悔する。

メロは母を振り返った。

相変わらずコンクリートの壁によりかかって何かを考えているが、やはり母も喉が渇いている様子である。

にもかかわらず水を飲もうとはしない。

それ以上に不自然なのは、隅っこの方に瓢箪が転がっていることだった。昨晩はあんなにも大事そうにしていたのに、である。

メロは正直意味が分からなかった。母の行動が理解できないのは初めてである。

「母さん」

そっと声をかけた。

母はすぐに顔を上げるが疲れた表情をしている。

「喉渇いたろう。少し水飲んだら？　まだ結構残っているんだろう？」

「私は大丈夫だよ。メロの方が喉が渇いているんじゃないのかい？」

「正直、渇いたよ」

「水、残ってないのかい？」

「もう、殆ど」

いつもの母なら自分の水を分け与えてくれるはずだが、気まずそうに視線をそらした。

その直後だった。

コツコツと階段を降りてくる靴音が聞こえてきた。

若い看守である。

看守は段ボールを抱えてやってきて面倒臭そうに蓋《ふた》を開けた。段ボールの中に入っていたのは水の入ったペットボトルとサンドウィッチだった。若い看守はペットボトルとサンドウィッチを手に取ると、次々と檻の中に放り込んでいく。

メロは足元に転がってきたペットボトルを手に取ると急いで蓋を開け、ゴクゴクと喉を鳴らしながら飲んだ。

渇きを癒し、安心したメロは、ふと母を見た。

母も無我夢中で水を飲んでいた。

メロは心配になって母を見つめる。

一気に半分近く水を飲んだ母はホッと息を吐き、

「メロ、ご飯食べようか」

と言った。

メロはハッと視線を上げ、

「そうだね」

と言い、足元に落ちている二つのサンドウィッチを拾うと母の隣に座った。

二人はラップをはがし、野菜がサンドされたサンドウィッチを大事に食べる。しかしほんの数分で食べ終えてしまった。

メロは、村ではあれでもまだまともな生活だったんだなと思った。

当然物足りないが、やっと落ち着くことができたメロは、サラの姿を思い浮かべた。

サラは今何しているだろう。同じようにお昼ご飯を食べているだろうか。それとも畑仕事をしているだろうか。

離れ離れになってまだ数時間しか経っていないが、もう遠い昔のように感じられた。

「サラちゃんのこと考えているのかい？」

メロは心臓に触れられたかの如くドキリとした。

一気に顔が紅潮し、ソロリとアンを見た。

「やっぱりそうだね」

「どうして、分かるの？」

母はフフフと笑うだけだった。

「もしかして、知ってたの？」

「何をだい？」

母は白々しく聞き返した。

「だから、その」

「アンタのことは何でも分かるよ。ずぅっと前からサラちゃんのことが好きだったんだろう？」

母は他の仲間たちには聞こえないように小さな声でそう言った。

メロは、バレては仕方ないと思った。

「まあね」

「良い子だからね、サラちゃん」

「でもどうして分かったの。一度も言ったことなかったのに」

母は呆《あき》れたように、

「バレてないとでも思ってたのかい？　さっきも言ったろう、私はアンタの母親だよ、アンタのことは何でも知ってるんだ」

「そっか」

母はメロの顔を覗き込んで言った。

「暗い顔してるね」

「そりゃそうだよ」

沈んだ声で答えると母は真剣な表情で、

「サラちゃんに、会いたいだろう？」

と言った。

メロは深く頷いた。

すると母は、今度は優しい笑みを浮かべてこう言った。

「母さんがもう一度サラちゃんに会わせてやるよ」

無理だと分かっているメロは俯《うつむ》いたまま、

「どうやってさ」

と聞いた。

しかし母はそれには答えず、

「だから母さんに明るい顔を見せておくれよ」

と悲しげに言ったのだった。

母の言葉の意味を知ったのはそれから五日後のことだった。

皆が寝静まった頃、二人の看守が慌てて地下に降りてきた。

アンが突然懐《ふところ》から隠し持っていた包丁を取り出し、息子のメロをめった刺しにする姿が監視カメラに写ったからである。

二人の看守が現れた時メロの衣服は血にまみれ、メロはうつ伏せのままピクリとも動かなかった。

貴重な『悪魔』を殺された看守たちは酷《ひど》く慌てた。

「貴様！　何てことをしてくれたんだ！」

アンは看守に背を向けたまま振り返りもせず、ガタガタと震えていた。

もう一人の看守が急いで携帯を取り出し連絡を入れる。

「非常事態だ！　母親が子供を殺した！　とにかく早く来てくれ！」

他の者たちに連絡を入れた看守は檻を開けようと鍵を手に取る。

「待て！　この女、凶器を持っているぞ！」

看守はそう言うと銃を手に取り、有無を言わさずアンに発砲した。

弾はアンの心臓をとらえ、アンは悲鳴を上げ倒れた。

一瞬の静寂の後、二人の看守は急いで檻の鍵を開け中に入った。

その刹那《せつな》、一人の看守があることに気がついた。

「おい、女が持っていた包丁はどこだ！」

この時すでにメロは起き上がっていた。

アンが持っていたはずの包丁は、メロの右手に握られていた。

血もメロのものではない。

メロの衣服を赤く染めた血は、豚の血であった。

無論アンが用意したものである。

十二月三十一日の晩、村人たちが家畜を殺した際、アンはこっそりと瓢箪の水入れにその血を入れていたのだった。

『いいかいメロ、看守が檻を開けるまで絶対に動いちゃいけないよ。たとえ母さんが殺されても、死んだふりをし続けるんだ。

私のことはいいんだよメロ。いずれにせよ母さんは死ぬ運命だ。でもアンタは生きなきゃダメだ。ここから出て生きるんだよ。たとえどんな姿になろうが、生きてほしい。

メロ、生き続ければきっといつかいいことがあるよ。

まずはメロ、ここにいる仲間たちを助けてやりな。そして、サラちゃんに会いに行きなよ。母さんはあの晩、メロを産んでしまってごめんと言ったろう。本当は、アンタが生まれてきてくれて嬉しかった。今まで一緒にいられて幸せだったよ。

ありがとうメロ。

いいかいメロ、失敗は許されないんだ。もし失敗したら、アンタも死ぬんだ』

メロはアンの言葉を胸に、泣き叫びながら看守の喉元に包丁を刺した。

もう一人の看守が慌てて発砲するが、メロは喉元から血を流す看守を盾にしたため、弾はその看守の頭に命中した。メロは盾にした看守の腰から銃を抜き取ると、もう一人の看守の心臓めがけて発砲した。

銃を扱うのは初めてだったが、至近距離だった故狙《ねら》った場所に命中し、二人の看守は同時にコンクリートの床に崩れ落ちた。

メロはすぐにアンの身体を起こした。

「母さん！　母さん！」

アンは朦朧《もうろう》とする意識の中、それでいい、というように頷くと、最後の力を振り絞り、

「生きるんだよ」

メロの耳元で囁《ささや》き、静かに息を引き取った。

「母さん……」

メロは大きな罪悪感と喪失感を抱きながらも立ち上がった。

そして、銃で殺した看守からも銃を奪い取ると、腰に巻き付けられている鍵のついたチェーンを手に取り、仲間たちが閉じ込められている檻の鍵を次々と外していった。

「一体どうなってんだよ！」

リュウが言った。

「説明は後だ。とにかくみんなここから逃げよう」

メロはそう言って、黙ってリュウに銃を渡した。リュウは戸惑いながらも銃を受け取る。

次にメロはシンを見た。

状況は把握しているが、かなり動揺している。

「ああ、ああ、あああ……」

「大丈夫、一緒に逃げよう」

メロはシンの右手を手に取った。

「みんなも行こう！」

リュウたちは混乱しながらも頷いた。

しかし、一人だけその場に蹲《うずくま》ってしまった仲間がいた。

デクだ。

争いごとを嫌うデクは、アンや看守たちの死体に酷く怯えている。

デクを説得している時間はない。メロはデクの左手を取ると、引きずるようにして階段を上った。

一階に上がったメロたちは廊下を走り、鉄の扉を開けた。

目の前には真夜中の荒野が広がっていた。

地獄の空間から解放されたメロは一先《ひとま》ず安堵《あんど》の息を吐《つ》いた。

まずはここから離れよう。

そう思った次の瞬間だった。

メロたちは懐中電灯の光を当てられた。

連絡を受けた看守たちが駆けつけたのだ。

眩しくて相手の数はハッキリとは分からないが、五、六人か。

メロはシンとデクの手を離すと、腰に差してある銃を手に取り、光の方に向かって発砲した。

看守の一人が呻《うめ》き声を上げ、その場に倒れ込む。

次の瞬間、再び乾いた音が夜空に響いた。撃ったのは看守の一人であり、弾はシンの母親であるモナに命中した。

モナは胸を押さえながら崩れ落ちた。

「あああああ！　あああああ！」

シンは叫びながらモナに駆け寄る。

「まあ！　まあ！」

シンが呼ぶとモナは一瞬反応を見せたが、静かに目を閉じた。

「まあ！　まあ！　ああああああああ！」

「みんな逃げなさい！」

言ったのはリュウの母、ロナだった。

ロナは皆にそう言うと無謀にも看守たちに突っ込んでいったのだ。

「母ちゃん！」

リュウが叫んだその刹那、ロナも銃で撃たれ地面に倒れた。

「この野郎！　ぶっ殺してやる！」

リュウが光の方をめがけて乱射する。

メロも弾が尽きるまで撃ちまくった。

銃撃戦となり、次に犠牲《ぎせい》になったのはデクの母、ララだった。デクの壁になっていたララは頭部に銃弾をくらい、即死した。

続けてザキの母、ルルが倒れた。

「この人間ども、皆殺しにしてやる！」

ザキが突っ込んでいく。

母親の中で唯一生き残っているメルツの母、ランも、自分の命をなげうつようにザキに続いた。

ザキは、地面に倒れている看守の銃を奪い取ると、看守を一人、二人と撃ち殺していく。

相手はとうとう一人だけとなり、ザキと看守が同時に発砲した。

ザキの弾は看守に命中し、同時に、看守の弾はメルツの母、ランの心臓を貫いた。

腰が抜けたようにずっと尻餅《しりもち》をついていたメルツは立ち上がり、よろよろと母のもとに向かう。

リュウとザキも、母のもとに歩み寄った。

皆の泣き声が、真夜中の荒野に響き渡る。

一人佇《たたず》むメロは、アンのいる建物を振り返った。犠牲になったアンのもとに行ってやりたいが、またすぐに看守が追ってくるかもしれない。

メロはリュウたちに向き直ると、心を鬼にして言った。

「みんな看守の武器を取って、どこか安全な場所に逃げよう。俺たちは生きるんだ。俺たちのために死んでいった母親たちのためにも」


メロたち六人は、看守の死体から奪った銃と警棒を両手に持ち、村を背にして北に進んだ。

三十分近く経った頃、前方に、ポツリと寂しく生える一本の樹木が見えてきた。

疲労の色が浮かぶメロたちは、リュウの提案で樹木の下で休憩を取ることにした。メロは疲れ果てたというようにぐったりと座り、そっと、隣に座るデクを見た。

未だに泣いているのだ。

メロは心が締め付けられる想いであった。しかし何て言葉をかけてやったらいいか分からない。気持ちが落ち着いてくれるのを待つしかなかった。

メロとは対照的に、ザキは鬱陶《うっとう》しそうである。

それでも、同じ気持ちのザキはここまで何も言わなかった。

しかしさすがに我慢の限界のようである。

「いつまで泣いてるんだデク」

「だって、だって……」

「いい加減泣き止めよ！　弱虫のシンですら泣いてねえじゃねえか」

「お母さんが殺されたんだ！　ザキは悲しくないの？」

「でも泣いたってしょうがねえじゃねえか」

デクは袖《そで》で涙を拭《ぬぐ》うと、涙声でこう言った。

「メロのせいだよ。メロがあんなことしなきゃ、お母さんは死なずにすんだんだ！」

メロが一番恐れていた言葉だった。

「ごめん」

「メロを責めたって仕方ねえ。いずれみんな死ぬ運命だったんだ。むしろこれでよかったんだよ」

フォローしたのはリュウだった。

「ありがとうリュウ」

「でもこんなことしなければ、まだお母さんと一緒にいられた。ずっとずっと一緒にいられたかもしれないんだ！」

「反対に、明日だったかもしれないぜ。悪魔になるのが」

リュウがそう言うと、デクの泣き声がピタリと止んだ。

「そうだよデク」

再びザキが口を開いた。

「母ちゃんを自分の手で殺しちまうより、この方がずっとよかったんだ」

自分を納得させるように言った。

「それよりよ、これからどうする。みんなどうしたい」

リュウが皆に意見を求めた。

メロの頭に最初に浮かんだのは、死んでいったアンの姿である。

『生きるんだよ。とにかく生きるの』

今も空の上から、そう言っているような気がした。

生き続けることが自分の使命なんだとメロは自分に強く言い聞かせる。

次にメロは、生きて何がしたいと自分に問うた。

サラに会いたい。

サラと一緒に、幸せな日々を送りたいと思う。この気持ちは絶対に変わらないと思った。

しかしそれを皆に言う勇気はなかった。

「俺は村に戻りたい」

メロたちの視線がリュウに向けられた。耳の聞こえないシンだけが別の方向を向いている。

「ハルを助けたいんだ。弟のハルを助けて、自由な街で暮らしてみてえ。勿論《もちろん》ハルだけじゃねえよ。村のみんなを助けるつもりだ」

「俺は」

次に口を開いたのはザキだった。

「人間どもを皆殺しにしてやりてえ。まずは村に残っている看守たちだよ！　その後、街にいる人間どもだ！」

「メルツ、お前は」

リュウが尋ねると、メルツは堂々とした態度で言った。

「俺はサラを助けたい。サラを助けて、俺も一緒に街に行きたい。街なら幸せに暮らせるって聞いたから」

隣にいるザキが、

「かっこいいねえ」

と冷やかした。

「メロ、お前は」

メロはリュウを真っ直《ま》ぐ《す》に見つめるが、

「俺も、村のみんなを助けたい」

メルツみたいな勇気はなく、誤魔化すような口調で言った。

しかし嘘ではない。今すぐにでも村のみんなを助けたいという想いだ。

「僕は村には戻らないよ」

突然デクが言った。

「もう争いごとは嫌だよ。人が死ぬの、見たくない」

そう言い、頭を抱えるデクに、ザキが冷たく言い放った。

「あっそ。なら一人でここにいろよ。俺たちは全員行くぜ」

デクはメロとシンを見る。助けを求めるような瞳だった。

しかしザキが、デクの視線を遮るように二人の前に立ちふさがった。

「お前以外、みんな行くんだ。じゃあな」

ザキが背を向けると、

「待ってよ……」

今にも消え入りそうな声で言った。

「何だデク」

意地悪な顔でザキが尋ねる。

「えっと、えっと……」

デクはまた頭を抱えてしまった。

決心のつかないデクに、メロが手を差し伸べた。

「行こう。みんなが一緒なら怖くない」

デクは迷った末、弱々しくメロの手を握った。

メロはデクに強く頷くと、空いている左手で今度はシンの右手を取った。シンは言葉は通じないが、何となく皆の考えを察しており、不安な表情を浮かべている。

「大丈夫。みんながいるから」

シンはメロの口の動きを見て、安心したように頷いた。


夜明け前、メロたち六人は村に戻ってきた。

村は寝静まっており、見張り役の看守は二人。

どちらも完全に油断している。一人は立ちながら寝ているくらいだ。

どうやらまだ情報は伝わっていないようである。アンが起こした事件は知っているかもしれないが、その後まさか看守全員が殺されたとは思ってもいないだろう。

見る限り見張りは二人だが、当然裏側、街に続く道路付近にも見張りはいるはずだし、看守が暮らす施設にだって、寝ているとはいえ二十人近くがいるだろう。

動いたのはメロ、リュウ、ザキ、メルツの四人で、戦力にならないシンとデクは木の陰に隠れていた。

四人の右手には銃が、左手には警棒が握られており、メロたちは二手に分かれて看守たちに忍び寄る。

最初に仕掛けたのはメロとリュウだった。背後から二人同時に警棒で頭を殴り看守を気絶させた。

その音に気づいたもう一人の看守が振り返る。

次の瞬間には、ザキとメルツが殴りかかっていた。あっという間に二人の看守を倒した四人は看守の銃を奪い取り、気配を消して施設に向かう。

施設に侵入したら一気に襲撃を仕掛け、全員を仕留めたら村人たちを助ける。

——はずであった。

突然、背後で笛の音が鳴った。

ザキとメルツに襲われた看守がホイッスルを吹いたのである。

「まだくたばってなかったか！」

ザキが急いで向かい、看守の頭をもう一度警棒で殴りつける。

しかしすでに遅かった。

まず住居から女や子供たちが現れ、次に裏側で見張りをしていたと思われる看守たちがやってきたのだ。

看守たちに光を向けられた瞬間、メロたちは銃を撃った。

銃声と村人たちの悲鳴が夜空に鳴り響いた。

騒動に気づいた看守たちが次々と施設から現れる。

とはいえ予期せぬ夜襲に混乱している者が多く、メロたちはその隙に突撃し、看守たちを銃で撃ち殺す。

やがて銃撃戦となるが、戦っているのがメロたちだと知った数人の女たちが、背後から看守に襲いかかる。その行動に勇気を持った他の女たちも加勢する。

しかし女たちは次々と撃たれていく。

村の女たちは臆することなく後ろから看守の動きを封じ、

「撃って！　撃って！」

声がちぎれるほどに叫んだ。

メロは看守に向けて引き金を引く。

しかしカチリと音がするだけで弾が出ない。次の瞬間、看守の動きを封じていた女が撃たれた。

メロは銃を地面に叩きつけ、懐にしまってある包丁を手に取り、看守の首に刃を突き刺す。看守の喉から血が噴き出し、返り血を浴びるメロは看守の右手から銃を奪い取ると、すぐ傍《そば》で女を殺そうとしている別の看守の頭に銃をぶっ放した。

脳漿《のうしょう》が飛び散ると、看守は女に銃を向けた形で倒れた。その後ろには戦意喪失した看守が立っていた。

まるで獣を見るような目でメロを見ている。

「助けてくれ……頼む」

メロを油断させるための罠《わな》ではなさそうだった。あまりの恐怖で手足がガタガタと震えている。

それでもメロは容赦なく看守を撃ち殺した。

「逃げろ！」

どこからともなく看守の叫び声が聞こえてきた。

この時、生き残っている看守は僅か四人だった。

一人の看守が逃げ出すと他の者も完全に士気を失い、全員が背を向けて逃げ出した。

しかしメロたちは一人たりとも逃がさなかった。

長年の恨みを晴らすかのように執拗《しつよう》に追いかけ、背後から銃を撃ち全ての看守を始末したのである。

辺り一面血の海であった。

メロたちは懐中電灯で照らし、ともに戦った女たちに声をかける。返事をしたのは僅か数人で、加勢した者の殆どが死んでしまっている。

看守たちには勝利したが、これは勝利じゃないとメロは思った。

メロとは対照的に、ザキは看守の死体に酷く興奮していた。

「どうだどうだ！　皆殺しにしてやったぞ！」

ザキの甲高い笑い声が夜空に木霊《こだま》した。

「シン、デク、もう出てきていいぞ」

リュウが木の陰に隠れている二人に言った。

メロが光を当てるとシンがそっと顔を出した。戦いが終わったことを知ったシンは、怖々ではあるがやってくる。

一人置いていかれたデクは慌ててシンの後を追い、シンの服を摑《つか》みながらやってきた。

「いつまで怯えてんだデク。見ろ、俺たちが皆殺しにしてやったんだ。お前も喜べよ」

多くの死体を見下ろしながらザキが言った。

未だにデクはシンの後ろに隠れている。

「おいデク」

ザキに少し強く言われて、やっとシンの服を離した。と思えば、今度は看守の死体が見えないよう顔を隠した。

「これくらいでビビってどうするんだよ」

リュウが呆れたように言った。

「おいデク、村の子供たちをここに集めろ」

デクはリュウの命令に首を振った。

「仕方ねえ奴だ。まあいい俺が集める」

リュウはそう言って駆け出し、村人たちにもう安心だと言って回った。

しかし全ての住居を回る必要はなかった。赤ん坊以外全員、木や住居の陰に隠れて様子を見ていたのだ。

メロたちは集まった村人たちに光を当てる。

最初にあることに気がついたのはメロだった。

メロは慌ててもう一度皆の顔に光を当てる。

やがてリュウとメルツもそれに気づき、動揺の色が浮かぶ。

サラとハルがいないのだ。


「サラとハルは？」

リュウが村人たちに聞いた。しかし皆分からないというような仕草を見せている。

「何でここにいないんだ」

すると一人の若い女が言った。

「家畜小屋じゃないかい？　サラとハルはアンタたちが連れて行かれた日、勝手に村を抜け出した罰として、家畜小屋で生活させられていたから」

メロとリュウとメルツの三人は家畜小屋に走った。走りながらメロは、家畜小屋に入れられる程度でよかったと安堵する。

しかし一方では悪い予感を抱いている。

家畜小屋には無論、家畜が逃げ出さないように柵が作られてはいるが、逆に言えばただそれだけであり、人間ならば簡単に抜け出せる。

家畜小屋はすぐそこだ。家畜小屋にいるのなら、先のリュウの、安心して出てこいという呼びかけに気づいているはずなのだが。

「ハル！　サラ！」

最初に家畜小屋に到着したリュウが二人を呼ぶ。

追いついたメロとメルツも二人の姿を捜した。

しかし、家畜小屋にいるのは牛と豚と鶏だけで、二人の姿はなかった。隠れている様子もなく、藁の上に二人の布団が敷かれているだけだった。

メロは跨《また》いで中に入ると、布団を確かめた。ほんの微かだが、温《ぬく》もりがある。

三人は一先ず皆のもとに戻り、サラとハルがいないことを告げた。

「ザキから事情は聞いたよ。まさかアンタたちが抜け出すなんて思ってないから、またこっそり小屋を抜け出して、様子を見に行ったんじゃないのかい？」

それならばもうとっくに会えているはずだが、とメロは思う。

「それよりこんなことになってしまって、これからどうするつもりなの？」

別の女がメロたちに問うた。

するとどこからともなく、

「私は街に行ってみたいわ。せっかく自由になれたんだから」

という声が聞こえてきた。

「僕も！」

「私も街に行ってみたい！」

多くの子供たちが賛同する。

しかし一方では、

「何が自由だ。看守を殺したのがバレるのは時間の問題だよ。またすぐに別の看守たちがやってくるんだ。私は村に残るよ。赤ん坊がいるんだ！　村に残っていれば、少なくとも殺されずにすむだろう？」

と、反対する女もいた。

「リュウたちはどうするつもりなの？」

声のした方へと、メロはさっと光を向けた。

言ったのは二十七歳のリリーという女性で、リリーは咄嗟《とっさ》に俯き、またメロを見る。リリーはなぜか酷く怯えていた。

「俺たちはここには残らねえ。ていうか、残っていたって意味がねえ。俺は人間どもに復讐するために街に行くぜ」

ザキが言った。

メロも、街に行く以外選択肢はないと思う。その前に、サラを見つけ出さなければならないとも思う。

「それなら私は、村に残る」

リリーの意味深な言葉に、

「おい、それどういう意味だよ」

ザキが口を尖《とが》らせて言った。

しかしリリーは俯くだけで何も答えなかった。

そんなリリーの様子を見て、メロはふと思う。

もしかしたらリリーは、看守の存在ではなく、自分たちを恐れているのではないか、と。

メロはこの時改めて思い知らされた。

自分たちが悪魔になるということを。

リリーはきっと、一緒にいたらいずれ自分の魂が喰われてしまうと恐れているのだ。

「おい、答えろよ」

リリーに詰め寄るザキをメロは止めた。

「どう思おうが自由だ。街に行きたいと思う者は行けばいいし、残りたいと思う者は残ればいい」

メロはリュウを振り返り、

「どうかな、リュウ」

意見を求めた。

するとリュウはハッと顔を上げ、

「ああそうだな」

取り繕うように返事した。

次にメロは、隣にいるシンを見た。

「シンは、どっちがいいかな」

シンは意味が分からないと言うように首を傾《かし》げた。

メロはシンの両手を手に取り、

「シンも一緒に行くんだ。ここに残っても、俺たちは殺されるだけだ。それなら生きられる可能性がある方を選ぶんだ。大丈夫、俺が守るから」

と言い聞かせた。

するとシンは、

「サア、サア」

と声を発した。

「サラか？」

メロがそう言うと、シンは頷いた。

「サラは大丈夫。すぐに会えるよ」

メロは自分に言い聞かせるように言った。

「で、お前はどうするんだデク」

看守たちの死体に背を向けるデクに、ザキが聞いた。

「僕も行くよ。行くしかないんだろう？」

「そうだ。よく決心したじゃねえか」

ザキは続けて皆に問うた。

「俺たちについてくる者はこっちにこい」

街に行くことを決心したのは十人で、そのうち成人している女は僅か三名。二十三歳のアンリと、二十一歳のリーザ、そして二十歳のココだ。三人とも今は子供がおらず、いずれも早くに子供を亡くしているのだった。

一方子供たちは、男子が三人、女子が四人。最年長はコナという十歳の女の子だ。彼らは全員母親を亡くしていて、コナたちは現在同じ住居で生活している。

親のいない子供たちで構成された、この〝家族〟の母親代わりをしているのが、サラである。

サラにも母親がいないのだ。

十歳の頃に母を亡くし、それ以来子供たちと暮らしているのだった。

残りの殆どは村に残ると決め、中には、いつ看守がやってくるか分からないからと、そそくさと住居に戻る者もいた。

ザキは、裏切り者と見なされぬよう住居に戻る者たちに舌打ちすると、

「あんな奴らはほっといて、早速街に行こうぜ」

と言った。

「ああ、そうだな」

リュウは一応返事をするが、浮かない顔である。

メロも同じだった。やはり街に向かう前に二人を見つけ出さなければならないと思う。

リュウが突然思い立ったように顔を上げた。

「やっぱり俺、戻って二人を捜してくる」

「ちょっと待ててってリュウ！」

すかさずザキが止めた。

「小屋を抜け出したなら途中で会ってるはずだろう。きっと街に向かったんだよ」

「分かってる。それでも一応見てくる。みんなは先に街に向かってくれ。それで途中で二人

に会ったら待っててくれ。すぐに追いかけるから」

リュウはそう告げると闇に消えていった。

「仕方ねえ。先に行こう。ここでリュウを待っていたら、二人に追いつけるものも追いつけなくなっちまうぜ」

確かにザキの言うとおりでもあり、メロは後ろにいる子供たちを安心させるように優しく頷くと、前を見据えて歩き出す。

しばらく歩くと広大な森を真っ二つに裂くようにして作られた、一本の道路が見えてきた。

懐中電灯の光が闇を切り裂き、舗装された道路を照らす。

メロは闇の先が不気味であった。自分たちの未来を見ているようである。

それでもメロは遠い道程の先に、希望の光を見た。

次いでメロたちは森の中に光を当てる。

足場が悪く夜は危険であるが、脱走犯のメロたちは舗装された道を堂々と歩くことはできない。この先、看守たちが現れるのは明白であった。

メロたちは舗装された道から離れると真っ暗闇の森に入り、道路に沿って街に向かったのだった。

歩き始めてから五分くらいが経った頃、メロの後ろを歩く七人の子供たちが突然歌を歌い始めた。

それは恐怖や不安を紛らわすための歌ではなかった。

子供たちは寒さすらも忘れているかの如く、心底楽しそうに歌っているのだ。多くの人間が血を流して死ぬ姿が脳裏に焼き付いているはずなのに。

だが子供たちは、初めて外の世界に出られたような気がして嬉しいのだろう。

「お前たち静かにしろ」

ザキが小声で注意した。

「どおしてよザキ兄ちゃん」

子供グループの最年長であるコナが聞いた。

「敵に気づかれたらどうする」

「でも、その前に光でバレちゃうわよ」

確かにコナの言うとおりであり、ザキは一瞬口ごもるが、

「うるさい。いいから止めるんだ」

力でねじ伏せるように言った。

しかしそれでも子供たちは歌うのを止めなかった。囁くような声で歌い続けた。ザキはすぐに止めさせるが、結局ザキが根負けしたのであった。

子供たちが歌を止めたのはそれから約三十分後、空が明るくなり始めた頃であった。

メロは子供たちを振り返る。先の元気が嘘のように、皆ぐったりとしている。

メロたちは休憩をとることに決め、全員冷たい地面に腰を下ろす。

メロはサラとリュウとハルが気がかりであった。リュウが二人と再会し、こちらに向かっていることを願うが、それにしては遅い。

サラに会いたい、とメロは思う。

やはり二人は街に向かったのだろうか。

メロは霧のかかった道路に視線を向ける。霧の中にサラの姿を思い浮かべた。もし先にいるのなら戻ってきてほしいとテレパシーを送る。

メロはハッと瞼《まぶた》を開けた。

隣にいるシンが袖を引っ張っているのだ。

「どうしたシン？」

尋ねてもシンは意思を伝えることができない。心配そうな表情を浮かべているだけだ。メロの心の中を読み取っているようにも見えた。

それはメロにとって初めての経験ではなかった。辛いことや悲しいことがあると、シンはじっと瞳を見つめてくる。

それがどういうことなのかメロには分からず、メロはいつもシンに微笑《ほほえ》むことしかできないのだった。

「どうしたのザキ」

突然デクがザキに声をかけた。

メロはシンからザキに視線を移す。

ザキは皆に背中を向け、微かに震えていた。

「寒いの？」

デクが尋ねると、ザキは振り返って不敵な笑みを浮かべた。

「ちげえよ、ワクワクしてるんだ。早く人間どもを皆殺しにしたくてよお」

「ねえねえ、ザキ兄ちゃんはどうしてそんなに人間が嫌いなの？」

何も知らないコナに悪気はないとはいえ、メロは瞬間ヒヤリとした。ザキの、一番触れてはならない部分であった。

コナに質問されたザキは険しい表情を浮かべ、それを皆に見せぬよう再び背を向けた。

ザキの悲しげな後ろ姿に、二年前の出来事が思い出された。

それはメロたちの精巣機能が発達し、無理矢理女性とSEXをさせられるようになってから数ヶ月が過ぎたある日のことだった。

看守の悪ふざけで、ザキは母親とSEXをさせられたのだ。

当時ザキは自分が死ぬのが怖くて、母親が殺されるのが怖くて、命令に従った。

最悪なのは、母親がザキの子供を身籠《みご》もってしまったことである。生まれたのは悪魔になる可能性がある、男の子だった。

更に残酷なのは手足に障害があったことだ。しかしザキの家族にとって幸か不幸か、赤ん坊は半年も経たないうちに原因不明の病で死んだのである。

あの出来事以来、ザキは人間に強い恨みを抱くようになった……。

メロは立ち上がり、ザキの恨みや悲しみを紛らわすように、

「行こう」

そっと声をかけた。

ザキはキッと振り返るが、メロの顔を見ると表情を和らげ、分かったと頷いた。

その刹那である。

二人は同時に感じ取った。風や木々の揺れる音に紛れて聞こえる微かな足音を。

誰かがやってくる！

メロとザキは人差し指を口に当て皆を静かにさせると眉間《みけん》に皺《しわ》を寄せて不気味に忍び寄る足音に耳を澄ませる。二人は舗装された道路の向こう側の森に気配を感じ取り素早く身体を向けた。

うっすらとかかる霧の中にぼんやりと映る人の影。

メロはサラではないかと期待したが、瞳に映ったのは五つの瓢箪をぶら下げたキラであった。

メロは全ての終わりを覚悟した。

メロたちにとってキラは看守よりも恐ろしい存在だからである。無邪気で怖いもの知らずの子供たちですらキラに怯えている。

まるでキラに呪文をかけられているかの如く、皆後ずさりすらできなかった。

一方キラは余裕の笑みを浮かべてやってくる。相変わらず綺麗な身なりで、金箔が貼られた瓢箪の水入れを弄《もてあそ》ぶように撫《な》でている。心なしか撫でられている瓢箪が嬉しそうに見えた。

よく見ると、左肩には薄汚れた布の袋をさげている。重そうではあるがキラは表情には出さず涼しげである。

メロはすぐに違和感を抱いた。

キラは常に美に拘《こだわ》り、汚らわしいものを何よりも嫌う人間なのだ。無論悪魔村で暮らす村民のことも。メロはそう思っている。

なのになぜかキラは薄汚れた布の袋をさげている。当然中身も不明で、メロは余計に薄気味悪い。プレゼントなんて入っている訳がないのだ。

「村を脱走してどこへ行くんだ？」

怪しい手つきで瓢箪を触りながら言った。

「見ていたよ。お前たちが看守を殺すところ」

次の瞬間ザキが腰から銃を抜き取りキラに銃口を向けた。

「やめろザキ！」

すかさずメロが止めた。

キラは余裕の表情のまま、

「メロの言うとおりだ。やめた方が身のためだぞ」

銃を恐れるどころか歩み寄りながら言った。

それでもザキは銃をおろさなかったが、キラが更に言った。

「そう興奮するなよザキ。俺は別にお前たちの敵じゃない」

信用できない言葉であるが、ザキは簡単に銃口の角度を少し下げた。

「味方でもないけれどね」

メロの喉がゴクリと鳴った。

「俺たちに、何の用だ？」

恐る恐る聞くとキラはフフフと笑い、

「街に行くんだろう？　俺も一緒に行こうと思ってさ」

メロたちは拍子抜けした。

「一緒に？」

「ああ、一緒に」

何かを企《たくら》んでいる様子はないが、それでも怪しさが滲《にじ》み出ている。

「そんなこと言って僕たちを騙《だま》すつもりなんだ！」

ずっと怯えていたデクが、手足を震わせながら叫んだ。

「おいおい、お前たちを騙して何の得があるんだ？」

「だってキラは、看守たちの仲間じゃないか」

キラは馬鹿馬鹿しいと言わんばかりに鼻で笑った。

「俺がいつ看守の仲間になったんだ？　奴らだって敵ではないが、仲間でもない。俺にしてみればどうでもいい存在さ。だから奴らが死んでも、なあんにも感じなかったぜ」

メロは仲間たちと顔を見合わせ、キラに問うた。

「キラの目的は、何だよ」

するとキラはこう言ったのだ。

「俺はただ、お前たちが悪魔の姿に変わるのを見たいだけさ。悪魔が外の世界に放たれるなんてこと、滅多にないだろうからな。それと、悪魔の血が流れるお前たちがこれからどう生きていくのかにも興味があるなあ」

メロは最初からキラが仲間だとは思っていないが、それでも七年間同じ村で生活してきた過去がある。だがキラには少しの情もなく、キラにとって自分たちは単なる観察材料でしかないと思うとメロはショックだった。

「そんなことよりキラ」

口を開いたのはメルツだった。

「やっと喋ったなメルツ。なんだい？」

「ここに来る途中、サラを見かけなかったか？」

「サラ？　さあ見なかったな」

「リュウとハルは？」

メロが横から聞いた。

キラは首を横に振り、

「いいや、どっちも見なかったな」

瓢簞の水入れを指で弄びながら言ったのだった。


ザキがメロたちを振り返って言った。

「あんな奴無視して行こうぜ！」

「ああ行こう行こう」

メロはシンの手を取り歩き出す。

すると後ろにいるキラが、

「お前たちと仲間と思われたら面倒だから離れて歩くぜ」

と、わざわざそう言った。

勝手にしろよ恰好《かっこう》付け薄情瓢簞ブラブラ野郎！

興奮するメロは思わず歩調が速まり、子供たちから、待ってよメロ兄ちゃんと声をかけられブレーキをかけた。

皆の方に身体を向けると、嫌でもキラの姿が目に映る。

キラは遠くからメロたちをウォッチングしている。

メロは怒りをグッとこらえて子供たちに笑顔を見せた。

「わるいわるい」

メロはシンにもごめんなと言った。シンは心配そうにメロを見つめ、

「サア、サア」

と言った。

メロは一瞬不安な表情を見せるが、

「大丈夫。きっとすぐに会える」

と、安心させるように言った。

「しかしリュウの奴遅すぎだろ」

ふとザキが言った。

メロは空を見上げる。いつしか朝日が昇っており、カラスの群れがガーガーと耳障りな声で鳴いている。

「結構ゆっくり歩いてきたんだけどな。まさかまだ二人を捜してるんじゃねえだろうな」

「遅すぎる」

「少し待ってみようか」

メロが提案した。

「でもよ、二人がこの先にいたら追いつけなくなっちまうしな」

どちらの選択が正しいのか判断できぬままメロたちは歩き続けた。

それから一キロくらいを歩いた頃だった。

メロの後ろを歩く、コナを始めとする幼い子供たちが座り込んでしまったのだ。子供たちに夜の元気はなく、眠気と空腹を訴えている。

メロたちには食料もないし、今は皆を寝かせてやる時間もない。

家畜も連れてくるべきだったかとメロは今更ながら思った。

「どうしたらいいんだろう」

悩むメロの瞳にふとキラの姿が映り、メロは思わずキラを素早く二度見した。

いつの間にか岩に腰掛けておにぎりを食べているのだ。横には水の入ったペットボトルが置いてある。

キラはメロたちに遠慮することなく美味《うま》そうにおにぎりを食べている。わざと見せつけているようにも見えた。

メロはキラが持っている布の袋を見て合点した。あれは食料入れだったのだ。

メロはあの中身を恐れた自分が馬鹿馬鹿しかった。

ザキもすぐに気づき、

「あの野郎一人で食ってやがる」

顔は怒っているが声は羨ましそうだった。

「僕、キラにみんなの食料をもらってくるよ」

良いことを思いついたと言わんばかりにデクが明るい声で言った。

メロは無駄だと言ったがデクはすでに駆け出していた。

「キラ、美味しそうだね。どこからそんなに食料持ってきたんだい？」

風に乗ってデクの声が聞こえてきた。

「看守の寮だよ。食料持ってこないと街まで保《も》たないだろ？」

「そうなんだ。ねえ、僕たちにも分けてよ」

「は？　何言ってんだ。ダメに決まってるだろう。あと五十キロも歩けば街に着くだろ。我慢しろ」

「でもみんなお腹を空《す》かせてるんだ」

「水でも飲んでおけ」

「せめて子供たちに」

「ああうるさいうるさい。ならこれ持って行け」

メロは少し期待を抱き二人を振り返ったが、キラが袋から出したのはスナック菓子一袋だった。

「これでも食わせておけ。ガキには十分だろ」

メロは向き直ると思わず溜息《ためいき》を吐き、やはりキラには期待も絶望も抱かないことにした。

ふと、脳裏にサラの姿が浮かぶ。

君は一体どこにいるんだ。

寒くはないか？　君もきっとお腹を空かせているだろう？　もしこの先にいるのなら、少し待っててくれないか。今すぐに行くから。

サラ……。

鉛のように重い溜息と一緒に、サラの名を呼んだ。

その時、ふとメロはある違和感に気づきハッと隣を見た。

いるはずのシンが、いない。

辺りを見渡すがやはりどこにもいないのである。一瞬のうちに消えてなくなってしまう白い吐息のように、シンが消えた。

目の前が真っ暗になった。

「シンがいない！　みんな！」

メロは叫んだ。

全員シンの不在には気がついておらず、メロに言われてやっと気がついたのだった。

ザワザワと、木々が不気味に揺れ出した。

「どこ行ったんだよシン」

もしやサラたちを捜しに行ったのではないか。

「みんなここで待っててくれ」

メロはシンがどちらに行ったか分からなかったが、直感で街のある方角に走り出した。


メロは胸の中で叫んだ。

シンは一人では何もできないんだ。自分を守ることさえ。俺が傍にいてやらなきゃシンは……。

もし街から看守がやってきて見つかったりでもしたら殺される！

いない。いない。どこにもいない。
別の方角か。
シンには何も聞こえない。テレパシーを送るしかなかった。
メロはシンに想いが届くのを信じて心の声を送る。
…………。
…………。
…………。
急に風が止み、深々と枯れ葉が頭に降ってきた。
シンの気配は、感じない。
どうしてだシン。
俺が声を送っているんだ。俺とお前は繋《つな》がっているんだ。聞こえるだろう俺の声が！
「シン！」
思わず叫んだ、その時だった。
反対方向から、車のエンジン音が聞こえてきた。
メロは咄嗟に木の陰に隠れ口に手を当てる。
ゆっくりと一台のバスが通り過ぎていく。

迷彩色に塗られていて、初めて見る車両だった。

中には迷彩色の制服を着た男たちが乗っており、厳しい顔つきで前を見据えていた。恐らく村の異変を察知して調べにやってきたのだ。

メロは気づかれずに何とか助かった。

しかしこの先にはザキたちがいる！

もし気づかれれば今度は多くの犠牲者が出る。

メロは腰に差している銃を抜き取り走り出した。

その直後だった。

メロは視界の端に人影をとらえ、立ち止まった。

キラの時と同様、道路を挟んだ向こう側の森に誰かいる。霧を切り裂くように朝日の光がすっと差し込み、森の中を彷徨《さまよ》うシルエットを照らし出す。

夢でも目の錯覚でもない。

瞳の先に、サラがいた。


メロは一瞬自分が置かれている状況を忘れて胸がじんと熱くなった。

サラだ。何度見てもサラだ。

しかしすぐにメロから安堵の笑みが消えた。

サラの傍には他の二人の姿がなく、サラは未だメロには気づかず何かを捜すように森を見渡しているのだ。リュウはともかく、ハルと一緒ではなかったのか……。

「サラ！」

メロは走った。足場の悪い地面を。躓《つまず》きながら。ドキドキしながら。

「メロ」

サラはホッと息を吐くがとても疲れた様子だった。今にも地面に座り込んでしまいそうなほどだ。

長い髪はボサボサに乱れ、顔は土で汚れている。

お転婆で働き者のサラはいつも髪が乱れていて、顔や洋服も畑の土で汚れていたが、今のやつれたサラを見てメロは悲しい想いを抱いた。

いつもと違って笑顔がないから。まるで人が変わってしまったかのように暗い顔をしている。

檻に入れられる直前、最後に見たサラと同じだった。

「やっと会えたなサラ。捜したよ」

サラは暗い表情のまま、

「やっぱり昨日の夜看守たちを襲ったのはメロたちだったんだね」

疲れた声で言った。

「ハルは？　ハルと一緒じゃなかったのか？」

メロが尋ねるとサラは重い溜息を吐いた。

「私のせいだ。私がしっかりハルを見てなかったから」

「どういうことだよ」

「昨晩メロたちが村に戻ってきた時、私たちは家畜小屋にいて」

「みんなから聞いた」

「それで、出て行くのが怖くて家畜小屋から様子を窺《うかが》ってたんだ。それで気づいたらハルがいなくなってて。すぐに捜したんだけど見つからなくて」

「そうだったんだ。どこ行っちゃったんだよハル」

「無事ならいいんだけど。ハルはまだ五歳だから。一人じゃ何もできないから……」

サラの言葉がメロの心を貫いた。

「実はシンもいなくなった。ついさっきまでは一緒だったんだ。突然いなくなって。多分サラを捜しに行ったんだと思う。俺のせいだ。俺がちゃんとシンを見てなかったから……」

メロは自分を責め、同時に後悔の念を抱いた。

「とにかくここにいてもしょうがない。サラ、一旦みんなの所に戻ろう。今さっき敵のバスが通ったろ。銃声も何も聞こえないからきっと大丈夫だと思うけど、みんなが心配だ」

しかしサラはその場から動こうとしない。

「でも……でもハルが心配で」

「大丈夫。みんなで捜そう」

サラは迷いながらも頷いた。

「急ごう」

メロに少し遅れてサラも走り出した。


どうやら敵部隊はザキたちに気づかずに村に向かったようである。

それでも尚、ザキたちは皆後続部隊を警戒して木や岩の陰に隠れていた。

少し離れた所にはキラが腕を組んで堂々と立っており、敵を警戒するザキたちを滑稽《こっけい》だと言わんばかりに眺めていた。

最初にメロとサラの存在に気がついたのはそのキラであった。

「お、メロがサラを連れて帰ってきたぞ」

そうキラが告げると、皆は一斉に立ち上がり、帰ってきた二人に駆け寄る。

一番喜んだのは同じ屋根の下で暮らしてきた子供たち、ではなくメルツだった。

メルツは喜ぶ子供たちをかき分けると、人が変わったかの如く顔一杯に笑みを浮かべ、しつこいくらいにサラを抱きしめた。

メルツは完全にリュウとシンとハルの存在を忘れている。普通の愛情を通り越し、サラを盲愛するメルツがメロには引っかかる。

一方では、逆にメルツが普通なのだろうかとも思う。

一度の恋しか経験したことのないメロは、恋心を抱く人の本来の姿が分からない。

「サラ、心配したよ。もう俺の傍から離れないでおくれ」

メルツは皆が引くくらい気障《きざ》であった。

次いでメルツは不憫《ふびん》そうにサラの乱れた髪の毛を撫で、汚れた顔を袖で拭いていく。

「美しい顔が台無しじゃないかサラ。でも仕方ないね。街まで我慢しよう。街まで辿り着けばきっと幸せが待っている」

メルツはサラに運命を感じ、サラとの二人だけの世界に入り込んでいる。

しかし一方のサラは全く運命を感じていない様子であった。身体を離す動作は見せないが、顔がとにかく嫌そうなのだ。こんなにも嫌悪感を表すサラを見たのは初めてのような気がする。

この時メロは、サラの気持ちの中にメルツはいないのだと思い込んだ。

そうとも知らずメルツは、君を守るだとか、ずっと一緒にいようだとか、聞いている方が恥ずかしくなる台詞《せりふ》を何度も言って聞かせた。

「ところでサラ、ハルはどうした。一緒じゃなかったのか」

ザキが尋ねるとようやくメルツはサラから離れ、自分も心配していたんだと言わんばかりにザキと同じ質問をした。

「そうだサラ、ハルはどうしたんだ？」

サラは一から皆に説明する。

後悔するサラを、再びメルツが抱きしめた。

「あまり自分を責めるなよサラ。ハルはきっと大丈夫だよ」

ザキが見かねて咳払《せきばら》いをし、

「しかしよお、ハルは仕方ないにしてもリュウとシンには困ったもんだぜ。リュウはいくら待っても帰って来ねえし、シンは突然いなくなっちまうしよ」

「どうしよう、ここで三人を待つ？」

デクが提案した。

メロもその考えに賛成である。リュウとハルはともかく、シンはこの場所を知っているのだから。

「三人がここに来るのを信じて、待ってみようか」

メロが皆に意見を求めたその時だった。

どこからかカサカサと草を踏む音が聞こえ、瞬時にメロたちは警戒する。

メロが振り返ったと同時に幼い子供たちが村の方角を指さして言った。

「ハルだ！　ハルだよ！」

間違いなくハルだった。

隣にリュウはいないが、メロたちは一先ず安堵する。

しかし、何かが変であった。

ハルはメロたちのもとにやってくるが、フラフラとした歩き方で、かといって疲れた様子ではなく、魂の抜けたような表情なのだ。

何よりもおかしいのは、メロたちに気がついているはずなのに、無反応ということであった。

メロたちは急いでハルのもとに駆け寄りそれぞれ声をかけた。

ハルはぼんやりとした顔でメロたちを見上げる。

ハルは冷静で、一切興奮した素振りはなく、見ている方が苦しくなるくらいゆうっくりゆうっくり呼吸をしている。

メロは一瞬ハルではないと思ったくらいだ。

ハルならば、みんなと合流できたことに大喜びしている。或いはリュウがいないことに気がついて兄を心配しているはずだ。

しかしハルは喜ぶ仕草も、兄を探す仕草も見せない。畑に立つ案山子《かかし》のようにぼんやり遠くを見ているだけだ。

ハルなのか？

いやハルだ。何度見ても間違いない。

なのにハルは何も分からないといった様子で首を傾げた。

するとポキリと首が鳴る。

リュウに関節鳴らしを教えてもらって以来癖になっていたハルは簡単に手や首や腰の関節を鳴らすことができる。やっぱりハルだ間違いないとメロは再確認した。

なのにまたしてもハルはこちらを見ることもなく、逆側に首を傾げる。

再びポキリと乾いた音が鳴った。

メロは激しく混乱した。

姿形はハルなのに、中身がハルじゃない。

別の人間がハルの皮を被《かぶ》っているようであった。

「ハル？」

メロが呼んでもハルは自分が呼ばれていることに気づいていない。

到底演技だとは思えなかった。やんちゃなハルは悪戯《いたずら》好きで有名だが、皆をからかっている感じではない。

「お兄ちゃんたちだあれ？」

やっと声を発したが、抑揚のない声色で冷えた瞳だった。

メロたちは啞然《あぜん》とした。さすがのキラも怪訝《けげん》そうな顔である。

「冗談はよせハル。からかっているんだろ」

この時点でメロはある予感を抱いていた。それ故に今の言葉は疑問ではなく、そうであってほしいという希望であった。

「なあハル、そうなんだろ？」

「…………」

ハルはメロを一瞥したが何も答えず、手の関節をポキポキと鳴らしながら歩き出し、メロたちの間を縫うようにして避けると街の方角に進んでいく。

「どこ行くんだよハル」

肩を掴むとハルは顔を上げ、

「分からない」

と言った。

メロはサラを見た。

メロの視線に気づいたサラが、

「まさか……」

声を洩《も》らした。

メロは認めたくなかったが、間違いないと思った。

ハルは記憶を失っている。

皆言葉を失った。その間にも、ハルはゆうっくりゆうっくり歩いて行く。

「ほらあれだよ」

ザキが手をパンと叩いて静寂を破った。

「ハルは頭を強く打ったんだよ。俺も小さい頃お前たちと駆けっこをした時、木に頭を強くぶつけて一時的に記憶が飛んだことがあったんだ。きっとそれだよ」

そうは言うが、ザキ自身もそうではないと知っているはずだ。

「そう、だよね」

デクが無理して言うと、後ろで笑い声がした。

笑っているのはキラだ。

全員が一斉にキラを振り返ると、キラは簡単に言った。

「記憶を喰われたんだろ。悪魔に」

メロ、ザキ、デク、メルツの四人は顔を見合わせる。

妙な空気が流れるが、四人にはハルの記憶を喰った記憶はないし、皆だってそれを知っている。

「ここにいないのはシンとリュウの二人か」

キラが皆の不安を煽《あお》るように言った。

「どこかで期待はしていたが、まさか本当に記憶を喰う悪魔が現れようとはな！」

興奮するキラは更に続けた。

「もしかしたら遠くから俺たちの記憶を狙っているかもしれないぞ」

キラの言葉が聞こえたかのように、森から人影が現れた。

しかしタイミング的には全くの偶然である。

キラの声が聞こえたはずがないのだ。

やってきたのはシンなのだから。


シンは酷く落ち込んでいた。

母親が死んだ時と同じ顔だった。暗い顔でトボトボとやってくる。

一方メロは胸がざわつく。ゆっくり息を吐き出した。

「触れられたら記憶がなくなっちまうかもしれないぞ」

キラが脅かすと子供たちはメロの後ろに隠れた。ついてきた三人の成人女性たち——アンリ、リーザ、ココは、隠れはしないが後ずさりした。

彼女たちとは対照的に、そして誰よりも先に、サラがシンのもとに向かった。

そこでシンはサラがいることに気がついたらしく、サラの顔を見るなりパッと花が咲いたような笑みを見せ、サラのもとに走った。シンは小さな身体でサラを抱きしめると嬉しそうに頭を撫でた。

「あああ、あああ、あああ」

シンの優しい表情とサラを愛《いと》おしむ動作にメロは安堵する。

シンがハルの記憶を喰ったとは思えなかった。

メロもシンのもとに駆け寄り、

「やっぱりサラを捜しに行ったんだな」

シンの横顔を見つめながら言った。

サラの頭を撫でながら、シンは、今度は背中を向けてテクテクと歩いて行くハルに気がついた。

シンはサラをその場に置いて、不思議そうにハルを追いかけた。

「アウ、アウ！」

シンに声をかけられてもハルは振り返らないので、シンはびっくりさせるかのように後ろからハルを抱きしめた。

ハルはシンを見るが、相変わらず表情一つ変えず、首の関節をポキリと鳴らすと再び歩き出す。

シンはメロたちを振り返ると首を傾げ、今度はハルの手を引っ張った。それでも行こうとするハルにシンが強く言った。

「コアー　アウ！　アーウ！」

こらハル待ちなさい、と叱《しか》っているようにメロには聞こえた。


ずっと木の陰でシンの様子を窺っていた子供たちが、森の妖精の如くひょこひょこと顔を出し、安心した様子でシンに歩み寄る。

ついてきた三人の女たちもどうやら安心したようだ。

シンはハルを連れて戻ってきた。

シンは子供が大好きで、面倒見がとてもいい。実はハルの記憶がなくなっていることに気がついていない。もっとも自分たちが悪魔になることすら理解していないシンは、やんちゃで悪戯好きのハルを連れ戻せたことに満足げである。

シンが戻ってくると、今度はメロがシンの頭を撫でてやった。

「ありがとうなシン」

「あーあー」

「それと、サラを捜しに行ってくれてどうもありがとう」

想いが伝わるように深く頭を下げると、それを見たシンも深く頭を下げた。

「あとは、リュウだけだね……」

デクが含みのある言い方で呟《つぶや》き、

「ハルは、どうしよっか？」

記憶を失ったハルを見ながら皆に言った。

「どうするも何も、こうなっちまったもんは仕方ねえ。このまま一緒に連れて行く」

ザキが答えた。

「勿論それは分かってるけど……。じゃあ、リュウはどうする？　もう少し待つ？」

恐る恐るデクが聞いた。

「いや行こう」

ザキは迷うことなく判断した。ただ、デクとは違い、リュウを恐れているといった様子ではなかった。

ザキは子供たちを見ながら言った。

「俺たちには食料がねえ。水だって限られてる。それに、後ろには敵だっている。リュウを待ってる時間はねえ。リュウが俺たちに追いついてくれるのを信じて、行こう」

もっともな意見であり、メロたちは前に進むことを選んだ。

メロたちは敵を警戒しながら霧のかかった森を道路に沿って進んでいく。

ただ理想とは裏腹に、思うように前に進めない。

森は足場が悪く、加えて子供たちにはあまり体力がない。眠気と空腹が同時に襲いかかっていた。メロがシンを捜しに行っている間、キラから分けてもらったスナック菓子を食べたようだが足りるはずがなかった。

平気で歩いているのはハルだけだ。魂の抜けた表情ではあるが、手の関節を鳴らしながらスイスイと前に進んでいく。逆に止めるのが大変なくらいだった。

メロたちは三十分歩く毎《ごと》に三十分の休憩を取り、少しずつ少しずつ前に進んでいく。メロは昔、皆でよく遊んだ双六《すごろく》のように一気に進めたらどれだけ楽だろうと思った。

時間は遅々としながらも進み、ふと気づけば夕闇が迫っていた。

一日中歩きっぱなしのイメージしか残っていないが、本当はどれくらいの距離を進んだのだろう。まだまだ先は遠そうだった。

さすがのメロたちも疲れを隠せず、デクが堪《たま》らず地面にしゃがみ込む。それにつられて皆も地面に座り込んだ。まだ歩けそうなのはハルだけだ。

いやもう一人いた。食料と水をたくさん持ってきているキラだ。メロたちが座り込むとキラも少し離れた場所で倒木に腰掛けた。メロはキラの嫌な視線を感じるが、一瞥もくれなかった。

一日中飲み食いもせずに歩き続けたメロたちは溜息しか出なかった。魂まで抜け出てしまいそうである。

夜までもう少し時間があるが、今日はもう一歩も動けない。

一晩休むとはいえ、こんな状況で明日も歩けるだろうか。

メロは自分も含めて不安であった。

メロは早くも地面に寝転がり、ふと木の根元に視線をやる。

茶色い物体が生えており、それがキノコだと知ったメロは、水の中から飛び上がる魚の如くバッと起き上がった。

よく見れば木の根元だけでなく、朽ちた木の隙間にもたくさん生えている。

メロにはキノコが生えている一帯がオアシスに見えた。

「みんな見ろ！　キノコが生えてる！」

メロがそう告げるとザキたちは瞬時に起き上がり、次の瞬間にはもう夢中になって茶色いキノコを採っていた。


付近一帯に生えるキノコを全て採り終えた頃、空は真っ暗になっていた。

どれもメロの中指くらいの大きさだが、かき集めると両手では持ちきれないくらいの量である。

とはいえ皆で分けると一人数本しか食べられないが、少しは空腹を紛らわすことができそうであった。

調理できれば最高であるが、メロたちには火も湯もない。土を綺麗に洗い流すことすらできない。土を払って、生で食べるしか方法はなかった。

メロは自分が食べるよりも先に、ぼんやりと遠くを眺めているハルにキノコを食べさせた。

ハルは一応口にしたが、

「まずいなあ」

顔を顰《しか》めて咀嚼《そしやく》する。

たまに看守から与えられるお菓子を幸せそうに食べていたハルが懐かしく思えた。

メロはハルを不憫に思いながらもキノコを食べた。

最初はじゃりと音がして、次に生臭さが広がるが、嚙《か》んでいくと苦味は消え、今度は不思議と甘味に変わっていく。疲れているからそう感じるだけかもしれなかったが。

メロはもう一度ハルにキノコを食べさせ、一緒に自分も食べる。

簡単に飲み込んでしまうハルとは対照的に、メロはこれは豚料理なんだとイメージしながら大事に大事に食べた。

しかし幸せな映像は一瞬で消え、メロは一気に現実の世界に引き戻された。

ザキが心配そうにメルツに声をかけたからである。

メルツの身体が、微かに震えている。寒そうに身を縮めているのに、

「熱い。心臓が熱い」

と言ったのである。

「身体が変だ」

皆に緊張が走る。

メロはまさかと思う。

「大丈夫かメルツ」

と、そっとメルツに歩み寄る。

しかし次の瞬間、メルツの隣にいるサラも実は身体の異変を感じている様子に気がついた。

サラは何も言わないが苦しそうな表情を浮かべているのだ。

メロは急いでサラに駆け寄った。

「どうしたサラ。どこか痛むのか？」

サラは顔を顰めながら首を横に振る。

「横になった方がいい」

メロは言って、サラをそっと寝かせてやる。

もしやキノコが原因だろうか、とメロは思う。

だが、異変を訴えているのはメルツとサラだけだ。

メロたちはどう対処すべきか分からず慌てたが、しばらくすると、二人は何とか落ち着いた。

「脅かすなよ二人とも」

ザキは安堵して言うが、メロは先のメルツが不気味であった。

サラの方も、一時的とはいえとても心配だ。

シンもメロと同様、何か悪い予感を抱いたらしく、サラとメルツの前に立つと、二人の頭を撫でた。

メルツは照れくさそうに、大丈夫だよシン、と言い、サラは笑顔で、

「もう大丈夫。ありがとう」

と言ったのだった。

シンは納得するように頷くとメロの隣にちょこんと座り、

「あーあー」

と言った。メロには、よかったねと聞こえた。

食事、と言ってもキノコだけであるが、全てのキノコを食べ終えたメロたちはここで一旦寝ることにした。

ただ夜とはいえ敵が来ないとも限らず、メロ、ザキ、メルツ、デクの四人が二時間毎に交代して見張ることになった。

順番はジャンケンで決め、その結果、最初にザキ、次にメルツ、三番目にデク、そして最後にメロが見張ることになった。

地面は固く、冷たいが、二日間眠っていないメロたちは横になるなり深い眠りに落ちたのだった……。


メロ、メロ、メロ……。

振り返るとそこには母が立っていた。

優しい顔で、手招きしている。

母さん生きてたんだね！

メロ。

よかった母さん。さあ母さんも一緒に行こう。僕たち自由を手に入れたんだ。母さんのおかげだよ。今度こそ幸せに暮らすんだ。さあ街に行こう。

メロ、メロ、メロ！

突然目の前に眩しい光が広がった。

メロ、メロ起きて！

夢でなく現実だと知ったメロは飛び上がるようにして起き上がった。

懐中電灯の光をもろに浴びせられたメロは、咄嗟に腕で顔を覆い隠す。

「メロ！」

声で、デクだと分かった。

「眩しいよデク」

まだ頭がハッキリしていないメロは、デクの慌てた様子に気づかなかった。

「交代か？」

二時間毎の交代だから当然空はまだ真っ暗だ。正確な時間は分からないが、日付が変わってまだ間もないのではないかと思う。

「違うんだよメロ！　大変なんだ！」

ここでやっとデクの慌てた様子に気づき、メロは腰に差してある銃を手に取った。

「敵か！」

「違うんだ。いないんだよアンリが」

「アンリがいない？」

メロはすぐさま懐中電灯のスイッチを入れ、寝ているザキたちに光を当てる。

いない。確かに三人の女たちの一人、アンリだけが。

メロは信じられずもう一度確かめる。

やはりいない。アンリが消えている。

「どうしていないんだよ」

「分からないんだ」

「分からない？　ちゃんと見てたんだろ？」

「それが……」

「どうしたんだ二人とも」

メロとデクは咄嗟に振り返った。

目の前にはいつの間にかキラが立っていた。

キラは金箔が貼られた瓢箪の水入れを指で弄びながら言った。

「また何かあったのか？」

「キラには関係ないだろう」

メロが背を向けると、

「まああそう言うな。アンリがいなくなったんだろ？」

と言ったのである。

「知ってるなら聞くなよ。で、見てたのか？　アンリがいなくなるところ」

メロが問うと、

「俺には関係ないんだろう？」

意地悪く言った。

「いいから答えろよ」

キラは腕を組み、

「さあ、俺も寝てたから気づかなかったな」

と言った。

メロは怒る気にもなれずただ溜息を吐いた。

ほどなくして、皆が三人のやり取りに目を覚まし起きてきた。

「どうしたんだ二人とも、何かあったのか」

ザキがキラを無視して言った。

「どうやらアンリがいなくなったらしいぞ」

キラが面白がるように言うと、ザキたちは懐中電灯の光を仲間たちに向けた。

「どういうことだよ。何でいないんだ」

「ゴメン、僕のせいなんだ」

デクが今にも泣きそうな声で言った。

「メルツと見張りを代わって、時間を数えているうちに眠ってしまって。それで気がついたらアンリがいなくなってて……」

「馬鹿野郎！　何やってんだよ！」

ザキが怒声を放った。

「ゴメン、本当にゴメン」

「アンリの奴、こんな夜にどこ行ったんだよ」

「誰かに連れ去られた可能性もあるぜえ」

横からキラが言った。

「とにかくデク、お前のせいだ！」

激しく責め立てるザキをメロが止めた。

「デクを責めても仕方ない。それよりアンリを捜しに行こう。きっとまだ近くにいるはずだから」

　ザキは興奮を抑え、頷いた。

「そうだな」

　皆の準備が整うと、サラがハルの手を握る。ハルはサラを見上げ、

「どこ行くの？」

　と尋ねた。

「アンリを捜しに行くの」

　ハルは首を傾げる。ポキリと関節が鳴った。

　メロも同様にシンの右手を手に取った。

　シンは不安そうに、

「アンイ、アンイ」

　と声を発した。

「大丈夫、アンリはすぐに見つかるから」

　この暗闇の中で見つけるのは困難だが、そう信じるしかなかった。

メロたちはアンリがどちらの方角に向かったのか全く見当がつかない。

だからメロたちは街のある方角に進むしかなかった。アンリを見つけるのが最優先ではあるが、根拠もなく村の方角に進むことなどはできない。そんな余裕は残っていない。アンリが街の方角に進んだことを祈るしかなかった。

メロたちは真っ暗闇の森の中を、懐中電灯の光を頼りにして進んでいく。

メロは足元を気にしながら様々な方角に光を当てるが、人影はない。アンリの気配すら感じなかった。

アンリは恐らく自らの意思で群れから去ったのだと思う。

しかしメロの中で、キラの言葉が引っかかっているのも事実だった。

誰かに連れ去られた可能性もある……。

万が一そうだとしたら犯人は一人しか考えられなかった。

お前じゃないよな。

まさか違うよな。

違うに決まってる。

違うと、信じたい。

どれだけの距離を歩いたろうか。

何度か休憩を挟んだとはいえ、かなりの距離を歩いたはずである。

なのにアンリの姿は見つからず、気づけば空がうっすらと明るみ出していた。

更に明るくなると、子供たちはアンリではなくキノコを探すようになっていた。

見つけると、まるで宝箱を探し当てたかの如く子供たちは喜ぶ。しかし、気休めにもならない程の量と栄養である。

当然メロも飢えている。しかしそれ以上に身体が欲しているのは水だった。

村を出る時、瓢箪の中には水が満タン近く入っていた。

檻の中に閉じ込められていた時、食事の度にペットボトルから瓢箪に少しずつ水を移していたからだ。

しかしすでに半分近く飲んでしまった。

まだあるといえばあるが、先の見えない状態で欲するままに水を飲むことはできなかった。

どこかに水飲み場があればと思うが、こんな森の奥深くにあるわけがない。川や池もない。

ならば雨しか渇きを癒す方法はないが、降れば同時に寒さが襲ってくる。子供たちが凍死する恐れがある。

メロは無意識のうちにキラを振り返っていた。

キラは皆に見せつけるように水をガブガブと飲んでいる。袋の中に一体どれだけの食料と水を用意してきたんだと思う。

気づけば、ザキも薄情なキラを睨みつけていた。

しかし、どこか様子がおかしい。目は真っ赤に充血し、肩で激しく息をしている。よく見れば微かに手足も震えている。

明らかに飢えによるものではなかった。

今にもキラに襲いかかりそうな雰囲気であった。

ザキのそれは、昨日のメルツの発作のようなものに似ていた。

「ザキ？」

声をかけるとザキはゆっくりとメロを振り返り、

「熱い。心臓が熱い」

メルツと同じことを言ったのである。しかしその直後、ザキは落ち着きを取り戻した。

メロはザキの姿に息を呑《の》んだ。考えられる要因はただ一つだった。

メロが〝その答え〟を心の中で言ったその時だった。

「おい大丈夫かサラ」

メルツの声と同時に、メロはサラを見た。

まただ。またしてもサラが苦しそうにしている。

額に汗を浮かべるサラは、そっとお腹に手を当てた。

その動作を見たメルツが言った。

「まさかサラ、子供がいるんじゃないのか？」

メロもメルツと同じ予感を抱いた。

サラはメルツに横顔を向けたまま、小さく頷いたのである。

メロは愕然《がくぜん》とした。

サラは当然子供を産める年齢であり、実際、看守たちに繁殖小屋に連れて行かれる場面や、病院に連れて行かれる場面も見ている。

しかしまさか、お腹に子供が宿っていたとは知らなかった。

メロはとても複雑な想いだった。

もし本当に妊娠しているとしたら、父親は誰なのか。

少なくともメロが父親でないことは確かであった……。

「どうして今まで黙っていたんだ」

メルツが尋ねた。メロもそれが気になっていた。するとサラはこう答えたのだ。

「知られるのが嫌だったから」

一瞬空気が凍り付いた。

「知られたくないって、どうして」

メロが聞いた。サラはメルツに聞かれた時とは違いメロの瞳を見つめ返してきたが、言葉を発することはなく、悲しげに俯くだけだった。

「それで、何ヶ月なんだ？」

メルツが緊張気味に尋ねた。サラは顔を横に向けたまま、

「八ヶ月半」

と言ったのである。

メロたちはまた驚いた。

妊娠しているとしても、皆、妊娠初期と思っていたからである。

確かによく見るとお腹が大きいような気がする。ただ、八ヶ月を過ぎたとは思えなかった。

「本当に八ヶ月半なのか？」

ザキがサラの顔を覗き込んで聞いた。サラは顔を背け、

「分からないように包帯を巻いているから」

どうしてそこまで、とメロは思う。

メロとは対照的に、メルツはそんなことなどどうでもいいというようにサラの手を握ると、一番重要なことを確かめた。

「父親は誰だ？」

メロは息を凝らす。

「…………」

「誰だ？」

「…………」

「サラ、俺が父親だろう？」

一瞬時が止まった。

父親の可能性がないメロにとって、誰が父親でも辛いことに変わりはないが、特に恋敵のメルツだけは、そうであってほしくなかった。

あくまで可能性があるだけ、ということに過ぎないが、その可能性があるだけでもメロにとっては、メルツが父親であるかどうかというのは特別である。

何だか、本当にサラをメルツに奪われてしまったような気がした。

一方のメルツは勝手に自分が父親であると思い込み、俺とサラの子だ、男の子かな女の子かなとはしゃいでいる。

メロは見ているのが辛くて、目を背けた。

しかしその時だった。

サラが初めてメルツを見てこう言ったのだ。

「可能性があるのはメルツだけじゃないよ！」


メルツは愕然として色を失った。

「俺、だけじゃ、ない、だと？」

力なくポツポツと独り言のように言ってから、メルツは次第に憤怒の形相に変わり、

「誰だ！　誰だ誰だ誰なんだ！」

お腹に手を当てるサラに詰め寄った。

「………………」

答えないサラに更に苛《いら》つき、メルツはメロ、シン、ザキ、デクの表情を確かめる。

デクが、下を向いて怯えていた。メルツはデクに歩み寄り、いきなりデクの胸ぐらを掴んで叫んだ。

「お前かデク！」

「やめろメルツ！」

メロが止めてもメルツは聞かなかった。デクの耳元でもう一度叫んだ。

「お前なんだな！　ええ！」

デクは震えながら、

「だって、だって仕方ないじゃないか」

勇気を振り絞ったように言った。

「何だと？」

「命令に逆らえば、僕もサラも殺されてしまうんだから」

「…………」

「デクの言うとおりだよ」

サラが言うと、メルツは心の中心を撃ち抜かれたような表情でサラを見た。

「それにデクだけじゃない。リュウだって」

サラが追い打ちをかけるように言うと、メルツはとうとう地面に崩れ落ちた。と思ったらすぐに立ち上がり、手足を震わせながら言った。

「認めないぞ。父親は俺なんだ。俺以外絶対に有り得ないんだ！」

メルツの異常さに、サラは辟易《へきえき》を通り越して戦慄《せんりつ》しているように見えた。

メロが怖がるサラを守るように、

「誰が父親かなんて、どうでもいいじゃないか」

と言うと、メルツが素早くメロを振り返った。

「何だと？」

目が血走っていた。

「それよりも今俺たちがすべきことは、サラとお腹の子供を守ることだろう？」

メロの言葉に嘘はなかった。たとえお腹の子がメルツの子であってもだ。サラに対する想いは変わらないし、命に代えてでも子供を守ってやりたいと思う。

しかしメルツの心に呼びかけても無駄であった。

メルツは鼻でフンと笑うと、

「かっこつけるなよメロ。それに、お前には父親の可能性がないんだろう？　関係ない奴は口を挟むな！」

鋭く言い放ったのである。

「…………」

メロは言い返せないというよりも、言い返す気力を失った。今のメルツには何を言っても無駄だと悟ったのだ。

「もうこの話は止めよう。今はアンリを捜すのが先だ」

メロは冷静と興奮の狭間《はざま》で言った。無理にでも話題を変えなければ事態は悪化するばかりだ。

最初に歩き出したのはサラだった。ハルと手を繋いでゆっくりと歩いて行く。

二人の後をメルツが追う。

サラたちと距離をあけて、ザキや子供たちも歩き出す。

デクだけがその場に立ち尽くしていた。そこだけどんよりとした雲がかかっているかのように見えた。

「行こうデク。デクが気にすることなんてないよ」

メロが声をかけてもデクは沈んだままであったが、メロの隣でずっと心配そうにデクを見つめていたシンが手を差し出すと、やっとデクは笑顔になり、

「ありがとう二人とも」

そう言うと、シンの右手に手を乗せて、歩き出したのだった。

ほんの少し距離をあけてメロも歩みを再開し、手を繋いで歩く二人の背中を見つめた。

デクは笑顔を見せてはくれたが、やはりまだ思い悩んでいる様子である。二人の先を歩くメルツは相変わらずサラのことばかりで、デクを気遣おうとはしない。助け合わなければならない状況だというのに、これでは先が思いやられる。

しかしまさかサラのお腹に子供が宿っていたなんて……。

もし本当に街で暮らせるようになったとして、サラは将来どう生きていくつもりなのだろう。

仮にメルツが父親だとしても、サラはメルツを父親だとは認めたくない様子だった。無論一緒に暮らしていくつもりもないだろう。

メロは、サラと一緒に子供を育てて幸せに暮らしたいと思っている。その想いに揺らぎはない。

でも果たしてそんなことが許されるのだろうか。自分は父親の可能性すらないし、それに忘れてはならないことがある。

この身体には悪魔の血が流れており、いずれ悪魔へと変貌するということを。事実、ザキとメルツの身体には微かとはいえ異変が生じている。

あれは多分兆しだ。この身体も、もうじき……。

それにしても、とメロは呟いた。

なぜだろうか。なぜサラは妊娠しているのを知られたくなかったのだろう……。お腹の大きさを隠してまで皆に知られたくない理由とはなんだ？

いくら考えても男のメロには全く理解できなかった。

メロは顔を上げると、少し前を歩くデクに声をかけた。

「大丈夫かデク」

デクは大丈夫と言ったが、それからメロにこう問うてきた。

「ねえメロ、どうして僕たちは悪魔村なんかで生まれてしまったのだろう」

デクは続けた。

「もし街で生まれていれば、お母さんだって殺されずにすんだ。兄妹だって失わずにすんだ。仲間たちとだって喧嘩せず、いつまでも仲良く一緒にいられたんだ。悪魔の血が流れていなければ、街で生まれていれば、僕たちはこんな不幸にはならなかった」

デクの言葉が胸にグサグサと突き刺さる。

確かにデクの言うとおりだ。メロは自分の運命を恨んでいる。しかしメロはデクに同調しなかった。慰めることもしなかった。

もっと強い気持ちで現実を受け入れ、将来を見据えなければならないと思ったからだ。

「これが俺たちの運命だからだよ。悔やんだって仕方ないんだ」

「こんな運命、嫌だよ。できるならもう一度生まれ変わってやり直したいよ」

これが、デクとの最後の会話だった。

突然ザキとメルツが何かの臭いを嗅《か》ぎつけたかの如く周囲を見渡した。

メロたちは全く気配に気づかなかったが、ザキとメルツが同時に、

「敵だ！　隠れろ！」

と叫んだのである。

メロは敵の姿を確認できないが、シンとデクの腕を引っ張って木の陰に隠れさせ、自分は草の中に隠れた。

メロはザキとメルツの視線の先を見た。

ほんの五十メートルほど離れた場所に、迷彩服を着た部隊がライフルを構えて立っていた！

その男たちを守るように、周りには盾を持った男たちが立っている。正確な数は分からないが、ざっと三十人近くはいる。

「いつの間に……」

メロは腰に差してある銃を手に取る。

その時だった。

「お前たち何してる。早く隠れろ！　殺されるぞ！」

メロはザキの言葉にハッと草の中から顔を上げる。

躓いたのか、ハルが地面に倒れていた。

「痛い、立てない」

甘えるハルをサラが急いで抱きかかえようとするが、できない。

メロが助けようと立ち上がった時には、もうすでにデクが木の陰から飛び出していた。

次の瞬間いくつもの銃声が空に響き、無数のカラスが飛び立った。

同時に、サラの顔面に真っ赤な血が飛び散った。


子供たちが悲鳴を上げた。

デクの両膝《りょうひざ》が、ガクリと地面に落ちる。

胸と背中を同時に撃ち抜かれたのである。

しかしデクは倒れなかった。サラとハルを守るように小さな身体で盾になり、

「逃げて……」

血まみれになりながら、今にも消え入りそうな声で言った。

しかしサラは固まったまま動けなくなっている。

「早く」

もう一度デクが言うと、サラは茫然《ぼうぜん》としたまま頷き、ハルを抱いて木の陰に隠れた。

それを見たデクは安心したのか、地面にうつ伏せに倒れた。

その瞬間、サラは足から崩れ落ちた。ハルはガクガクと震えていた。

「デク！」

メロは再び草の中に隠れて叫んだ。

「おいデク！」

いくら呼んでもデクは動かない。しかし辛うじて呼吸はしている。

デクを何とかして助けたい。それが無理ならせめて最後に抱きしめてやりたい。

だがメロは何もしてやることができない。

気づけば敵部隊が、盾を持って少しずつ近づいてきている。その後ろには依然数人の男たちがライフルを構えている。

一瞬でも隙を見せれば撃たれる。メロは草の中から銃を撃ち、威嚇した。

しかし盾を持つ相手には通用せず、これでは正直勝ち目はないと思った。

メロは敵に銃を向けたままデクを見るが、この数秒間で、デクの呼吸は止まっていた。

「おいデク！」

「エク！　エクゥ！」

シンも必死に呼びかけた。

「起きろデク！　目を覚ませ！　覚ましてくれよ！」

しかしメロとシンの声は、デクに届かなかった。

とうとうメロは力をなくし、ダラリと銃をおろしてしまった。

その時、近くで隠れている子供たちが小さな悲鳴を上げた。

デクの死を知ったからではない。

子供たちの視線の先を見たメロは、ザキとメルツの身体に再び異変が生じていることを知った。

二人は、幼い十四歳の顔つきではなく、すでに鬼のような顔に変貌していた。

目を真っ赤にしてカチカチと歯を鳴らし、異常なまでに震えている。段々と身体中の血管が浮かび上がり、明らかに筋肉も盛り上がってきた。

不気味な変化に敵部隊は後ずさりし始めた。

ザキとメルツの震えは更に激しさを増す。獲物を目の前にした猛獣の如く口から唾液を垂らし、激しく呼吸を繰り返す。

しかし二人は、ただの怒りの塊ではなかった。

恐ろしい顔つきをしてはいるものの、二人からは微かに戸惑いと恐怖を感じる。

自分自身と戦っているようにも見えた。

しかし次の瞬間、火山が一気に噴火したかの如く、ザキとメルツが咆哮《ほうこう》を放ったのである。


木々がザワザワと揺れ、やがて不気味な静寂に包まれた。

とうとう悪魔の力が発現した瞬間であった。

愕然とするメロの身体に突風が吹きつける。

自然に起きた風ではなかった。ザキとメルツが凄《すさ》まじい速さで横切ったのである。

メロが振り返った時にはすでにザキとメルツは敵部隊の目の前におり、二人は地面を蹴《け》って飛び上がると、盾を持つ男たちに襲いかかった。

たった一蹴りで盾は粉々に割れ、敵は十メートル以上も吹っ飛ばされた。

敵部隊は恐怖に戦《おのの》き、何もできずにただ立ち尽くす。

「何してる！　撃て撃て！　撃ち殺せ！」

敵部隊は慌ててライフルや拳銃を乱射するが、ザキとメルツは素早くかわし、獣のような声を上げながら敵を次々と殴り倒していく。

化け物だ逃げろ！

どこからかそう叫び声が聞こえた瞬間、敵部隊は蜘蛛《くも》の子を散らすように逃げ始めた。

しかしザキとメルツは一人として逃がさなかった。逃げる敵の首根っこを捕まえると地面に激しく叩きつける。首の骨が折れる者もいた。

ものの二、三分で敵部隊は全滅した。

殆どの者が気絶しており、口から泡を吹いている。中には顔が潰《つぶ》れてしまっている者もいた。

やがて数人が意識を取り戻して立ち上がるが、ザキとメルツの姿を見るなり悲鳴を上げて逃げていく。

しかし先とは違い、今度は二人は逃げる敵兵に見向きもしなかった。

肩で激しく息をするザキとメルツは何かに飢えているように見えた。

二人は唾液を垂らしながら気絶している男たちに歩み寄っていく。

先に足を止めたのはザキだった。ザキは若い男の前に立つと、心臓に向かって手を伸ばす。

心臓に手を当てると、ザキは空気を握るような動作を見せた。そしてグッと力を入れ、若い男から『青い光』を引っこ抜いたのだ。

魂を抜かれた若い男は一瞬にして血色を失い、白目を剝《む》いた。

草の中で二人を見つめるメロたちは息を呑む。

ザキが手にしている光は小さいが、炎のようにメラメラとしていた。

メロはすぐに、その青い光が魂だと分かった。

ザキは若い男の胸から発する魂を抜き取ると、それを一口で喰ったのである。

メルツも同様に敵の魂を喰う。

二人はこれだけでは物足りないというように、次々と敵の魂を喰っていった。


ザキとメルツは気絶している敵全ての魂を喰うと、身体が満足したのか自我が戻ってきたようであった。しかし額やこめかみには未だ青筋が立ち、全身の筋肉も隆起したままである。

二人とも息を切らしながら、自分の力が信じられないというように身体や手を見つめて立ち尽くしている。

「デク！」

草の中から茫然とザキとメルツを見ていたメロは、その声にハッと振り返った。

サラがデクに駆け寄っていく。そしてデクを優しく抱き上げた。

メロも急いで駆け寄りデクの手を握る。次いでシンがやってきて、エク、エクと呼びかけた。

　まだ温かいが、いくら呼びかけてもデクは目を開けてはくれなかった。

　メロは土で汚れたデクの顔を袖で丁寧に拭いてやると、デクの死に顔をじっと見つめた。

　デクは最後まで優しい顔だった。

「あの時、すぐにハルを抱いて隠れていればこんなことには……」

　深く後悔するサラの肩に、メロはそっと手を置いた。

「私を庇《かば》わなければ死ななかったのに」

「自分の命に代えてでもサラを守りたかったんだよ」

　メロはサラにそう言うと、今度はデクに向かって言った。

「デクは一番の臆病者だと思っていたけどそうじゃなかった。本当は一番勇敢な男だったんだ」

　メロはデクとの最後の会話を思い出した。

「もし本当に生まれ変われるのだとしたら次はきっと幸せになれるよデク。最初がこんなに不幸だったんだから」

「私のせいだね」

ふと気づけば背後にザキが立っていた。

しかしメルツはやってこず、未だ自分の両手を見つめている。まだどこか興奮しているようにも見えた。

更に視線のその先にはキラがいた。

どんな顔をしているかと思えば、いつもとは違い真剣な顔つきでデクをじっと見つめていた。

メロは意外だった。デクが死ぬことになど興味を抱かないと思っていたからだ。

キラは今何を思っているのだろう。もし少しでも悲しい気持ちを抱いているのなら、最後に一言だけでも声をかけてやってくれとメロは思う。

しかしキラがデクのもとにやってくることはなかった。

メロは再びザキを見上げる。

「……大丈夫か？」

それしか言葉が浮かばなかった。

ザキは頷き、デクの頬《ほお》に手を当てた。

ザキは、デクと過ごした日々を思い返しているようであった。そして言った。

「いい奴、だったよな」

メロはザキを見て、

「うん」

気持ちを込めて返事をした。

「思えばデクのこと、いつもからかってたな俺」

ザキは独り言のように呟くと、

「こんなことになるのなら、もっと優しくしてやればよかった」

後悔に満ちた声でそう続けた。

「でもデクと一番仲が良かったのはザキだったよ」

「そうだよな」

それからしばらく無言の時が続いた。

メロはデクの最後を瞳に焼き付けるようにじっと見つめた後、決心したように強く口元を結んだ。それから握っていたデクの手をゆっくりとおろし、サラとザキに言った。

「行こう。デクが死んでも俺たちは前に進まなきゃいけない。デクのためにも」

サラとザキは頷くと土を掘り始めた。メロとシンも一緒にデクの墓を掘る。子供たちも泣きながら手伝った。

悪魔村では土葬が習わしであり、メロたちは過去に幾度となくこうして素手で墓を作り、家族や仲間を葬ってきた。

墓ができるとメロたちはデクの小さな身体を抱え、土の中に寝かせた。そして少しずつ土を被せていく。

メロはデクの顔が見えなくなる前、

「ありがとうデク、さようなら」

最後の言葉を告げた。サラたちもそれぞれ言葉をかけ、シンは「エク、エク」と言いながらデクの頭を撫でた。

メロはデクの顔に土を被せるとシンの手を取り立ち上がった。

子供たちはまだ泣いているが、メロは歩き出す。

立ち止まるな、振り返るな。心の中で泣くメロは自分に強く言い聞かせ、真っ直ぐ前を見据えた。

深い悲しみと戦いながら、メロたちは街に向かってひたすら歩く。

メロとメルツは、常にサラのお腹を気遣いながら進んでいく。

思えばまだ朝である。暗い朝だとメロは思った。

アンリが失踪《しっそう》したのも、サラのお腹に赤ん坊が宿っていることを知ったのも、遠い出来事のように思えた。

メロたちは同時に自分自身とも戦わなければならなかった。

疲労に耐え、空腹に苦しみながら歩いて行く。道中、キノコを採取できたのが唯一の救いだった。

長い長い一日だった。

体力的にも精神的にも苦しいメロたちは、殆ど会話を交わすことなく一日中歩き続け、空が暗くなり始めた頃、崩れ落ちるようにして地面に座り込んだ。

そんなメロたちを無視して、キラが食料を食べ始めた。

メロは視界にキラが入らないように背を向けるとほんの少しだけ水を飲み、道中で採取したキノコを食べた。

しかし僅かに命を繋いだ程度で、メロは限界に近かった。子供たちはとっくに限界を超えている。いつ倒れてもおかしくない状態であった。

そんな中で、ザキとメルツだけが平気そうであった。二人には全く疲労の色はなく、キノコも水も必要としていない。

人間の魂を喰ったからに違いなかった。

武装した多くの敵を一瞬にして倒し、青い魂を鷲摑《わしづか》みにするザキとメルツが脳裏を過ぎる。

メロはザキとメルツを見ていると一抹の不安を抱いた。

今は二人とも精神は安定しているが、身体は『あの時』のままだ。全身の血管が浮かび上がり、筋肉が隆起している。身体だけ見ると別人だ。

もし、あの恐ろしい身体が再び人間の魂を欲求したら……。

突然ザキが立ち上がった。ザキとメルツのことを考えていたメロは敏感に反応した。

何をするのかと思えば、ザキは瓢箪の水入れを腰からほどくと子供たちのもとに歩み寄った。

この時メロは初めて気がついたのだが、コナを始めとする子供たちは、ザキとメルツから離れた場所に座っていた。

ザキが近づくと、コナたちは一瞬怯えた様子を見せた。

ザキはショックを受けたろう。だが一切表情には出さず、コナに水の入った瓢箪を差し出した。

「みんなで飲め」

コナはそっとザキを見上げ、

「いいの？」

ザキはああと頷いた。

「俺には必要なくなったからな。必要なのは人間の魂だけだ」

ザキらしく冗談交じりに言うが、子供たちには通じなかった。

コナは恐る恐る瓢箪を受け取ると、

「ありがとう」

と言った。

ザキは珍しく優しい表情を浮かべ、

「俺たちが怖いか？」

と聞いた。

子供たちは気を遣って首を横に振る。

ザキはフッと笑い、

「正直に言っていいぜ」

と言った。するとコナがこう答えた。

「でもあの時、二人が助けてくれなかったら私たちも殺されていたから」

確かにそのとおりだとメロは思った。

今こうして生きていられるのはザキとメルツのおかげである。

「これからも俺たちが守ってやるぜ。だから心配するな」

ザキのその言葉に子供たちは少し安心したようである。

「でもな……」

コナが首を傾げる。

「でも？」

ザキは自分の覚悟を皆に告げた。

「もしかしたらこの先、自分をコントロールできなくなっちまう時がくるかもしれねえ。それを感じたら、そうなっちまう前に俺たちはみんなの前からいなくなるよ」

同じ立場になるやもしれぬメロは、将来の自分を見ているようで心が締め付けられる想いであった。

しかしザキにかけるべき言葉が見つからず、ザキから視線をそらしてしまった。

その時偶然サラと目が合った。

隣にはメルツがいた。メロは、メルツがザキに対して露骨に不満そうな表情を浮かべているのを見逃さなかった。

やがて森が再び闇に覆われると、更なる冷気に包まれる。普段から寒さに慣れているとはいえ、さすがに夜の寒さは身体にこたえる。

メロは白い息を吐きながら懐中電灯のスイッチを入れた。

いつの間にか子供たちは抱き合って地面に寝ていた。最初は空腹に苦しんでいたが、間もなく熟睡したようである。

今夜もメロたちが交代で見張ることにした。メロ、メルツ、ザキの順で見張ることになった。

メロの身体は酷く疲れていたが、まだ眠れそうになかったから一番目でよかったと思った。

「おやすみメロ」

突然暗闇からサラの声が聞こえたので、メロは一瞬だけ懐中電灯の光をそちらに向けた。

サラはハルを抱っこしながら木に寄りかかっていた。ハルはまるでぬいぐるみのように素直に抱っこされている。相変わらず無表情であるが、少しだけサラに懐いているようにも見えた。

こんな時でも、メロはサラから声をかけてもらえたのが嬉しかった。

「寒くない？」

暗闇にそっと声をかけると、

「大丈夫。ハルを抱っこしてるから温かい」

暗闇から声が返ってきた。

「身体の調子は大丈夫？　辛くないか？」

暗闇だが、サラがお腹を触ったのが何となく分かった。

「大丈夫」

「それならよかった。もし辛くなったらすぐに言えよ」

「うん」

メロは一瞬言葉に詰まるが、すぐに会話を繋いだ。

「本当は赤ん坊のためにもっと栄養をつけなきゃいけないんだろうけどな」

メロはキラのいる方向を見た。

サラは大丈夫と言うが、このまま飲まず食わずの状態が続けば小さな命は勿論、サラの命だって危険だ。

朝になったら無理を承知でキラに食料を分けてもらえないか頼んでみようと思う。

「ところで」

メロは声の調子を変えて聞いた。

「どうしてずっと赤ん坊がいることを隠していたんだ？」

自分にだけは打ち明けてほしいと願うが、サラは話してはくれなかった。

メロはすぐにサラの気持ちを察し、

「ずっと気になってたんだ。でも言いたくないなら言わなくていい」

「…………」

「とにかく、早く街に着くといいな」

「うん」

メロはもう少しだけ暗闇の中で言葉のキャッチボールをしたかったが、サラのデリケートな部分に触れたせいで変な空気になってしまった。

もっともメロには明るい話題が思い浮かばない。思い浮かぶのはデクの死やザキとメルツの身体のことばかりだった。

メロは暗闇の向こうにいるサラにおやすみと言った。

暗闇から、おやすみ、とサラの声が返ってきた。

メロは樹木に身体を預けると重い息を吐き、ふと夜空を見上げた。デクが死んだ日だというのに、いやデクが死んだからか、今夜は星が輝いていた。

メロは星に向かって、この先何事もなく皆が無事に街に着きますように、と願いを込めた。

メロはそう信じるしかなかった。

だがやはりどうしても心の不安は消えなかった。

サラはお腹に赤ん坊を宿している。

ザキとメルツは悪魔と化した。

それだけじゃない。

ハルは記憶を失ったのだ。

頭を強く打って、一時的に記憶を喪失しているだけというのならいいが、とてもそうとは思えない。ハルは一部分だけでなく、記憶の何もかもを失っているのだ。

やはり希少種の悪魔に記憶を喰われたとしか思えない。記憶を喰う悪魔がどこかに潜んでいる！

こんな時にリュウは一体どこへ消えたのだ。

リュウだけじゃない。アンリはどこへ行った。

メロは疲れるどころか益々《ますます》神経が張り詰めてきた。

段々身体が熱くなってきて、無性に喉が渇いてきて、メロは我慢できずに水を一口飲んだ。

熱は一瞬にして引いたが、メロの中で一抹の不安が過ぎる。

それから三十分くらいが経った頃であった。

暗闇の中から突然、草を踏む音が聞こえてきた。メロはすぐさま懐中電灯のスイッチを入れ、光を向けた。

　足音の正体はハルだった。

　眠っているサラの腕からサラリと抜けて、メロの方に歩み寄ってくる。

　と思ったら、メロを通り越して一人で暗闇の方へと歩いて行く。

「どうしたハル、どこへ行く？」

　ハルはようやく自分の名前を認識したらしく、振り返ると、

「お散歩」

　と言った。

「お散歩……」

　メロは呆れたが、少しだけ自由に歩かせることにした。

　ハルはお散歩と言っていたが、何か目的があるかのようにどんどん先を歩いて行く。夜のピクニックを楽しんでいるかのようだった。

　しかも、ハルには何かが見えているようでもあった。

「もういいかハル」

　声をかけたが何も答えてくれない。首や手の関節をポキポキと鳴らしながら歩いて行く。

「そろそろ帰るぞ」

と言った、その時だ。

メロは一瞬、人の気配を感じた。

神経を研ぎ澄まし、辺りに光を向ける。

リュウか、アンリか、敵か、それとも……？

だが、誰もいない。

木々が揺れる音の中に異質な音がないか探るが、気になる音は聞こえてこなかった。

気のせいかもしれない。自分の中でそう解決したメロは、先を歩くハルを慌てて連れ戻した。

ハルは抵抗することなく素直に抱っこされた。

もしかしたらハルはお散歩と言いながら何かの気配を感じ取ったのだろうかとも思う。

いや、ハルには何の予感も衝動もなく、ただ無意味に歩き出しただけだとメロは結論づけた。

もっともこれ以上離れるのは危険であり、メロは皆のもとに戻ったのだった。

それから約二時間後に、メロはメルツを起こし眠りに就いた。

その四時間後に再び起こされ、メロは二度目の見張りをし、また二時間後にメルツと交代したのである。

メロは再びすぐに眠りに落ちた。

しかしすぐに起こされた。

目を開けるとザキが顔の傍で叫んでいた。

空は明るみ出している。カラスの群れが上空を舞っていた。

一瞬にして起こされた感覚だったが、ザキが見張りをしているということは二時間は経っている計算だった。

メロはザキの慌てた様子を見てハッと目を開け起き上がった。

「どうしたザキ」

メロは蒼《あお》い顔で言った。

「いねえ。いねえんだ」

ザキは一瞬喉を詰まらせ、

「リーザがいねえ！」

と叫んだ。


メロは急いで仲間たちを確認した。

いない。ココの隣で寝ていたはずのリーザが消えた！

ザキが急いで皆を起こし、二人目の女、リーザが消えた事実を伝える。

「メルツ、お前見張りの時寝てたんじゃねえだろうな」

ザキが高圧的な口調でメルツに問うと、メルツはザキをキッと睨んだ。

「ふざけるな。勝手に人のせいにするなよ！　寝てたのはお前だろう！」

二人が言い争いをしている間メロは茫然と立ち尽くしていた。

「あっ」

もしやあの時か。

ハルの後をついていったあの時！

二人に身に覚えがないのだとしたら、あの時しか考えられなかった。

しかし仲間から離れたのはたった十分程度だった。しかもそれほど遠くには行っていない。

空白の十分間にリーザが消えた……。

そういえばあの時一瞬、人の気配がした。

やはり誰かがいたのか。

一瞬の隙にリーザを連れ去った？

だがそんな気配はなかった。

メロは益々混乱するが、睨み合うザキとメルツを見て、

「多分俺のせいなんだ」

二人を止めるように言った。

ザキは意外そうな顔をし、とばっちりを受けたメルツはメロを鋭く睨んだ。

メロは昨晩の出来事を正直に話し皆に深く謝った。

ザキは苛立つが、メロを責めることはしなかった。

「アンリにリーザに、一体何がどうなってやがるんだ」

ザキの視線がココに向けられた。

怯えるココは、両手を顔に当て強く目を閉じた。

「とにかく行くぞ。アンリとリーザを捜すんだ」

ザキが皆に命令するように言った。

メルツは舌打ちし、先頭を歩くザキに対し不満な表情を浮かべ、恨みに満ちた目を向けた。

その瞬間を見ていたメロは背筋がヒヤリと凍り付き、不吉な予感を抱いた。

だが、幸いメロが心配するような事態は起こらずにすんだ。メルツはグッと怒りをおさえ、ザキの後をついていったのだ。

しかしそれからしばらく経ってからのことである。

メルツが、突然怪しい行動を取り始めたのである。サラの横に立つと耳元で何かを囁いた。サラはメルツに対し耳を疑うような表情を見せ、

「何言ってるの」

と厳しい口調で言った。

メルツは人差し指をサラの口元に当てると、皆の視線を気にしながらもう一度耳元で何かを囁いたのだ。


メロは胸がざわついた。

メルツの声は全く聞こえないが、何かを企んでいるような気がしてならなかった。

一方のサラは露骨に辟易しており、近寄らないで、と言ってメルツを避ける。しかしメルツはまたサラの横に立ち、耳元で何かを囁いた。

サラは無視し続けるが、メロの悪い予感は更に膨れあがっていった。メルツが異常なまでにしつこいからだ。

それでもメロは、まだ様子を窺うだけに留《とど》めておいた。メルツはとにかくしつこいが、顔は穏やかであり、まだ心に余裕が見えた。下手《へた》に止めてメルツを苛立たせたりでもしたら大

変だと思ったのだ。メルツが本気でキレた時、止められるのはザキだけなのだから。

しかし次第に雲行きが怪しくなってきた。

どんなに無視されても、嫌がられても、メルツはサラに優しい態度をとっていたが、段々と苛立つ様子が見えてきたのである。メルツの熱は下がるどころか上がる一方で、段々と周りが見えなくなり、エスカレートしたメルツはとうとうサラの右腕を強く摑んだ。

その瞬間、サラはメルツをキッと睨み、

「いい加減にしろよ！」

煮え立つ湯が一気に鍋から噴き出たかの如く激しく怒鳴ったのである。

さすがのメルツも圧倒されたのか、サラの手を離すと今にも泣きそうな顔になり、情けない声で、

「ごめんよサラ」

と言った。

その直後だった。

興奮するサラの表情が突然歪《ゆが》み、お腹を手で押さえると苦しそうに蹲ったのである。

「サラ！」

メルツは急いで駆け寄り、

「大丈夫かサラ」

耳元で声をかけた。

サラは首を横に振り、痛い痛いと苦痛の声を洩らし始めた。これまでに二度やってきた痛みとは明らかに度合いが違うようだった。

数分経ってもサラは落ち着くどころか痛みが増す一方で、とうとう横に倒れてしまった。

「微弱陣痛ね」

メロたちの中で唯一成人しているココが、冷静な声で言った。

「私も過去妊娠八ヶ月くらいの時に痛みがきて、医者にそう言われた。しばらくしたら引くはずよ」

メロはそれを聞いて安心した。サラも精神的に少し落ち着いたようだった。

だがいくら経ってもサラの痛みは引かず、治まるどころか今度は股から出血が起こった。

それを見たココの顔が青ざめる。

「まずいわ」

震えた声で言った。

「何がまずいんだよ！　赤ん坊がまずいのか？」

ザキが大声で問う。

メロは身体中の血液が冷たくなるのを感じた。

ココは首を振り、

「そうじゃない」

と言うが、まだ判断ができないのか明確には答えようとはしない。

「じゃあ何で血が出てんだよ。やべえだろ」

「うるさい黙って！」

ココが一喝するとザキは押し黙り、不安そうにサラを見つめる。

やがて、サラの股から薄いピンク色の液体が流れ出した。

それを見たココが言った。

「破水してる！　子供が生まれる！」

メロたちは酷く慌てた。

「生まれる？　まだ八ヶ月半じゃなかったのか？　子供が生まれるのは十ヶ月だろ？」

ザキの問いかけにココは頷くが、

「でも早くに生まれることだってある」

「で、どうすんだよ」

「ここで産むしかない！」

ココはそう言うと、サラのお腹に巻かれている包帯を外し、布のズボンと下着を脱がした。

包帯を外したサラのお腹は、改めて新たな命を実感させた。

「誰か手伝って！」

ココが背を向けたまま叫んだ。しかし男たちはあたふたするばかりで使いものにならなかった。

「コナ、手伝って！」

コナはまだ十歳だが、女の子だからか、メロたちよりもずっと冷静で、

「分かった」

と返事するとココの横に座って指示を待つ。

コナに続くようにして、メロの隣にいたシンがココの左隣に座り、

「サア、サア！」

とサラに声をかけた。

それを見たザキと子供たちも、サラの耳元で応援する。唯一、ハルだけが意味が分からないといった様子だった。

シンたちが必死に声をかける中、メロはその場に立ち尽くしたままサラを見つめていた。

生まれる。サラの子がもうすぐ生まれてくる！

メロは皆と一緒にサラを勇気づけたい。なのに声が出ない。足も動かない。

メロはビビっている自分を認め、心底情けないと思った。

何してるんだ、サラを守ってやるんだろう！　自分に強く言い聞かせると、メロの足はやっと動いた。

と思ったその時だった。

身体中に強い衝撃が走り、メロの片膝が落ちた。

苦しい。息が。

激しく息をしながら、メロはそっと胸に手を当てた。

こんな時にどうして。

心臓が、熱い。


何年も血液の中に潜んでいた悪魔がとうとう現れた瞬間だった。

熱い。心臓がとてつもなく熱い！

自分の中に別のもう一人が生まれてくるような感覚。

メロは自分の身体が悪魔化することを認めると同時に、サラと、これから生まれてくる子供と、三人で一緒に暮らす夢を諦《あきら》めた。やっぱり自分には幸せな将来は有り得ないんだなとメロは思った。心のどこかで、もしかしたら自分だけは悪魔にならないんじゃないかと淡い期待を抱いていたのだがそれはなかった。

悪魔と化したらサラたちと一緒にいてはならない。それは承知している。

でも、今はまだ自分自身を保っている。

せめて街に着くまでは自分でいたい。サラと子供を守ってやりたい。

メロがなんとか立ち上がった時、サラやココたちの胸に青く光る魂を見た。——見えてしまった。

メロは青い魂を見ないようにしてサラたちに歩み寄る。

苦しむサラは勿論のこと、傍で声をかけるココたちもメロの異変に気がついてはいない。

この時気がついていたのは未だ茫然と立ち尽くしているメルツと、遠くで様子を見守るキラだけだった。

大丈夫。俺はまだ俺だ。

自分に強く言い聞かせながらサラのもとに歩み寄るメロを、突然メルツが押しのけた。

メルツはメロを無視してココにフラフラと近づくと、

「大丈夫だよな？　サラも、子供も、大丈夫なんだよな？　俺とサラの初めての子なんだよ！　死んでしまうなんてことないよな？」

何かに取り憑《つ》かれているかの如く耳元でそう言ったのだ。

「おい、何か言えココ！　大丈夫なんだろ？　俺とサラの子！」

「うるさい黙って！」

ココがメルツを邪魔だというように右手で突き放すと、メルツはフラリとよろけて簡単に倒れた。メルツは立ち上がることすらできず、尻餅をついたまま茫然とサラを見つめるだけだった。

メロはサラの顔の横に座って声をかける。

「頑張れサラ！　頑張れ！」

サラは額に汗を滲ませ、呻き声を上げながら痛みと戦う。

「ゆっくり息をして、吐いて。ゆっくり息をして、吐いて。そう、焦らないで。大丈夫よ」

メロもサラと同じリズムで呼吸をし、一緒に戦う。

一時間以上が経って、ようやく頭が見えてきた。

メロの興奮が一気に高まる。子供たちはそれだけで大喜びした。

「頭が見えてきたぞサラ！」

みんなで伝えてサラを勇気づける。

サラは微かに頷き、歯を食いしばって息む。

更に数十分後、ヌルヌルと頭が出てくると、今度は肩が見えてきた。

「息を吸って！　はい息んで！　そう！」

ココが自らの経験を元にサラに指示を出す。助手のコナはサラの汗を袖で拭いて、優しく腕をさする。

メロはいつしかサラの左手を握りしめており、声をかけると同時に、心の中で二人の無事を祈った。

上半身が全て出てくるとココが赤子をそっと抱え、その時を待った。

やがて足が見えてくるとココは慎重に赤子を取り出す。

早産であるが故、小さな小さな身体である。


「生まれたわよサラ！」

ココが疲れ果てたサラに告げた。サラはもう声を出す力さえ失っていた。

メロはすぐにどちらか確認する。

女の子だ。女の子であれば悪魔にはならず、長生きだってできる。心底よかったと思った。

ココは、二人を繋げるへその緒を見て、

「何か切るものないかしら」

と言った。

メロはすぐに、看守の血がついたナイフを懐から取り出し、できるだけ血を拭ってココに手渡した。

ココはへその緒をブチンと切る。

メロはもう一度安堵の息を吐いた。

しかしココの表情は厳しいままである。メロが目で問うと、ココは低い声で言った。

「赤ちゃんが泣かない」

皆に緊張が走る。

「泣かないとダメなの？」

子供たちが言った。

「泣かなければ死んじゃうの！」

子供たちは青ざめ、泣け、泣け、と赤子を応援する。

メロも赤子に力を送る気持ちで泣けと叫んだ。

しかし赤子は泣いてくれない。悪魔の血を、運命を、拒むように……。

ココが何かを決意したように口元を結んだ。ココは右手をかかげると、赤子の尻を何度も叩いた。

「泣け！　泣くの！」

この方法が最善なのかメロには分からないが、これが最終手段であることは分かった。

メロは運命を握る天に祈った。

静寂が辺りを包む。メロには一瞬、時が止まったように思えた。

次の瞬間、赤子が産声を上げた。

その瞬間メロは力が抜け、同時に腰も抜けて地面に尻餅をついたのだった。


メロは天使を見るような眼差《まなざ》しで赤子を見つめた。

天が祝福しているかのように、赤子に朝日が当たった。

新たな命は煌々《こうこう》と輝いていた。悪魔の血が流れているなんて嘘のようだ。

今にも白い翼が生えてきそうではないか。

そう思うくらいに可愛くて、美しくて、眩しかった。

赤子を抱くココはまず最初に、サラがお腹に巻いていた包帯を手に取り、それを赤子に優しく巻いた。そして布製の上着を脱ぐと赤子を包んだ。

「これで随分温かいと思うわ」

ココはそう言うと、地面に仰《あおむ》向けに寝ているサラに赤子の顔を見せ、

「サラ、よく頑張ったわね。女の子よ」

気持ちのこもった声で告げた。

サラはうっすらと目を開けて、赤子に手を伸ばす。

ココはそっとバトンタッチした。

サラはまだ声を発せる状態ではないが、赤子を抱いた瞬間、感動で全身が震え出した。

サラは自分の頬に赤子の顔を当てると目を瞑った。

心の中で、生まれてきてくれた赤子に感謝の気持ちを伝えているようであった。

目を開けたサラはもう一度赤子を見つめた後、メロを見た。そして、赤子を抱く両手を差し出した。

「いいの？」

勿論というようにサラは頷く。

メロはやっと立ち上がると、両手を震わせながら赤子を受け取る。

メロは昔弟が生まれた時に抱っこしたことがあるのだが、その時とは緊張感が全く違った。

抱き方がおぼつかなく、

「頭を支えてあげて」

ココからアドバイスを受け、そのとおりに抱っこした。

「そうそう上手よ」

メロは一先ずホッとして、生まれたばかりの赤子の顔を見つめる。梅干しみたいにしわくちゃで、メロは思わず笑ってしまった。

次第に喜びが、感動が、どんどんどんどん膨れあがっていって、あまりに愛おしすぎてメロは我が子のように抱きしめて、ヌメついている頭を頰ですりすりした。

肌の温もりを感じたメロは、こんな寒い森の中で生まれたなんて凄い、と改めて思った。まだ信じられない想いだが、事実赤子は息をしている、泣いている、生きている。小さな小さな身体であるが、生きている。強く。

メロはじんと心が温まった。

自分の身体に変化の兆しが起こったことを忘れ、何度も何度も赤子を抱きしめた。

こうしていると改めて思う。本当に女の子でよかったと。悪魔の血が流れているとはいえ、この子は長く生きられる、必ず幸せな将来が待っている、とメロは信じる。

同時に、本当に神は残酷だと思った。

こんな時にどうしてとメロは心の中で叫ぶ。だがこれが運命なのだ。諦めるしかなかった。メロは、サラと一緒にこの子を育てる夢を見ることすら許されない。それどころか、もう長い時間一緒にはいられないと思う。いや一緒にいてはならないのだ。

この身体はもうじき悪魔化する。

サラと赤子を街に送り届けるのが自分の最後の仕事であり、街に着いたら別れるしかない。

そう決意したメロは、この幸せな時間を大切にした。

赤子の赤い頬を撫で、あやし、抱きしめ、心の中でたくさん言葉をかけた。

皆メロの様子をしばらく見守っていたが、痺《しび》れをきらしたようにメロを囲むと皆が一斉に手を上げ、赤子を抱っこしたいとしつこく叫んだ。

メロは皆の興奮を落ち着かせるように、

「分かった分かった」

と言い、まずはシンに赤子を抱っこさせた。

シンは赤子を抱えると顔を近づけ、

「ああ、あー」

と声をかけて可愛がる。すると赤子はピタリと泣き止み、と思ったらまた泣き出して、シンは赤子の反応が面白いようでアハアハと笑った。シンのこんな無心の笑顔を見るのは久しぶりのような気がした。

仲間たちは赤子を囲み、順番に抱っこしていく。

そんな中メルツだけが輪の外におり、ようやくそれに気がついたメロはメルツに声をかけた。

「メルツ」

メルツはメロに反応しないが、その声で金縛りがとけたように、無表情のまま皆に歩み寄る。そして輪をかき分けると、赤子を抱いているザキに言った。

「俺、俺に、俺にも、抱かせてくれ」

ザキとメルツは険悪状態であったはずだが、この時ばかりはザキはそんなことどうでもいいというように、

「ほら、抱いてやれ」

笑顔で言った。

メルツは生唾をゴクリと飲み込むと、震える両手で赤子を抱っこした。

その瞬間プツリと何かが切れたように、メルツはその場に屈《かが》んで泣き出したのである。

出産から一時間程が経った頃、ココがサラの身体を気遣いながら上半身を起こした。

サラは随分回復したらしく、

「ありがとう」

とココに言った。

「お乳あげられる？」

ココが尋ねるとサラは自信なさそうに、

「出るか分からない」

と答えた。

「お乳が出なきゃ困るのよ」

ココはそう言って、ずっと赤子を独占しているメルツから赤子を取り上げた。

ただそれだけだというのにメルツは世界で一番大事な宝物を失ったかのように悲愴《ひそう》な顔を浮かべ、行かないでというように手を伸ばしてフラフラとココについていく。これまでのメルツとは別人だった。

ココはサラに赤子を渡し、

「あげてみて」

と言った。

サラは皆に背を向けることもせず上着のボタンを外していく。

小振りな乳房が見えた瞬間メロはドキリとして視線をそらした。同時に、メルツはすでにあの身体を見ているんだなと思うと嫉妬《しっと》心《しん》が芽生えた。

メロは横を向いているが、サラが授乳しているのが分かる。

だがサラはすぐに首を振った。

「少ししか出ない」

「最初は仕方ないわ。少しずつ出るようになる。頑張って」

ココはそう言うが、本当はまともな食事や水分を取っていないからなのではないかとメロは思う。

母体に栄養がなければ、お乳だって出るはずがないのだ。

メロはキラを振り返る。

サラが赤ん坊を産んだというのに、それにすら興味がないといった様子であった。

本当はキラなんかに頼みたくはない。

だが悔しいが、今のこの危機を救えるのはキラしかいないと思う。

メロは離れた場所にいるキラのもとに歩み寄る。キラは相変わらず金の瓢箪を指で弄んでいた。

「まさかこんなところで産んじまうとは驚きだな」

上唇をつり上げながら言った。

「女だったんだろ？　よかったじゃないか。お前たちみたいに悪魔になることはないさ。ただ、ここで生き延びられるかが問題だな」

「…………」

「で、何だ？」

白々しくメロに尋ねた。

メロは深く頭を下げ、

「頼む。サラと赤ん坊のために食料と水を分けてくれ。見て分かるだろう？　もう限界なんだ。下手したら死んじまう。頼むこのとおり！」

断られるだろう。しかし引くわけにはいかなかった。粘って粘って、ほんの少しでもいいから食料と水を分け与えてもらうつもりであった。

メロが顔を上げると、何の感情も抱いていないような冷たい瞳を向けられた。

早くもメロは自信をなくすが、

「頼むキラ！　一生のお願いだ！」

もう一度頭を下げた。

するとキラは意外にも、

「仕方ねえな」

と言い、布の袋からラップに包まれたおにぎり二つとペットボトルを一本取り出し、それをメロに投げて渡したのである。

あまりにあっさりしていたのでメロは拍子抜けし、

「いいのか？」

恐る恐る尋ねた。

「いいのかって、お前が頼んだんだろう？」

「そうだけど、断られると思ったから」

「別に。俺も鬼じゃねえからな」

いや、十分鬼だ、とメロは思った。ところが、

「それと」

キラは再び布の中を探り、パンがたくさん入っている袋に、スナック菓子、それにもう二本、水の入ったペットボトルを分けてくれたのである。

「ガキたちに食わせてやれ。ガキたちも限界だろう」

メロは逆に気味悪かった。

何か罠でも仕掛けてあるんじゃないかと疑ったくらいだ。

「どうしてここへきて？」

「その顔、めちゃくちゃ怪しんでるな？」

「ああ、すごく」

正直に答えるとキラは鼻で笑った。

「心配すんな。毒なんか入っちゃいねえさ。恐らく街までそう遠くはねえ。たくさん持ってたって重いだけだからやるんだよ」

キラはそう言うが、照れ隠しなのかなとメロは思った。

本当はどこかで心配してくれていたんじゃないかと思いたい。

「ありがとうキラ。本当に助かるよ」

メロはキラに背を向け皆のもとに歩き出す。しかしすぐに向き直り、

「なあキラ」

声の調子を変えて呼んだ。

「なんだ？」

「キラもこっちへ来ないか？　赤ん坊可愛いぜ。抱いてみろよ」

「面倒くせえだけだろ子供なんて。全然可愛くねえや」

「いや、そうじゃなくて」

「なんだ？」

メロは少し照れながら、

「街に着くまで、一緒に行かないか？　こんなに離れるんじゃなくてさ」

と言った。

キラは一瞬意外そうな表情を浮かべたが、鼻を鳴らし、

「仲間になれって言うのか？　御免だね。国の奴らに仲間だって思われたらそれこそ面倒くせえ。変な気、遣うなよメロ。俺に仲間はいらねえんだ。俺は一人でいいんだ」

メロはしつこく誘うことはしなかった。強がりではないということが分かったからだ。

メロはこの時、ある意味ではキラも可哀想《かわいそう》な人生だなと思った。

七歳の時に悪魔村にやってきたキラは、子供たちが遊んでいる光景や、女たちが仕事をしている光景を毎日毎日傍で見てきた。しかし同じ輪の中に入ることはしなかった。

村民たちからは嫌われ、恐れられ、一方看守たちからは大事な存在として扱われてはいたが、といっても看守たちと心が通じていた訳ではなく、キラはいつも独りぼっちだった。

キラは今まで一度も仲間を求めたことはないし、寂しそうな様子を見せたこともない。でも村に来た頃は、一人が寂しかったんじゃないかと思う。無邪気に遊ぶ子供たちの輪の中に

入りたかったんじゃないかと思う。

だがいつしか一人に慣れ、一人の時間が染みつき、ずっと一人の生活を送ってきた。

メロはキラに背中を向けながら考えた。

仲間はたくさんいるが、悪魔の血に悩まされ、惑わされ、運命に翻弄《ほんろう》される人生か、『人間』として生きられるけどずっと一人でいる人生、どちらが幸せだろうと。

どちらも不幸だと思った。


メロはキラから分けてもらった食料を早速サラと子供たちに与えた。

出産したばかりのサラはまだ怠《だる》い様子だが、それでも何とかおにぎりを食べ、水もたくさん飲んだ。もう一つのおにぎりはサラが気遣い、ココに食べるように言った。ココは最初は断ったが我慢の限界だったのだろう、もう一度サラが勧めるとココは半分だけと遠慮がちに言ったのだが、次の瞬間には半分に割ったおにぎりにかぶりついていた。

子供たちもパンとスナック菓子に目を輝かせ、貪《むさぼ》り食い、あっという間に平らげてしまった。

その様子を見つめていたメロは、いつしか空腹と渇きを忘れている自分がいることに気がついた。

まだ心も身体も変化はないが、サラたちの心臓の辺りに青い魂が見える。

メロは振り払うように頭を振り、ザキとココに視線を向けた。

二人はサラと赤ん坊について真剣な様子で話し合っている。

「サラはとても歩ける状態じゃないわ。赤ん坊にだって二、三時間おきにお乳を与えなきゃいけないの。それだけで相当体力を消耗する。今日は一日ここで休んで、様子を見ましょう」

ザキには少し焦りが見えるが、ココの意見に納得したようである。メロもココと同じ考えであった。

メロはサラの後ろ姿を見つめた。

サラは空になった瓢箪の水入れを胸に当て、必死にお乳を搾っている。

どうやら苦戦しているようで、メロは心の中で応援した。

「あ、そうだ」

突然ザキが声を上げ、メロは振り返る。

ザキは先ほどの真剣な表情とは打って変わって明るい声で言った。

「赤ん坊の名前決めなきゃな！」

メロはハッとして、そうだよな、と心の中で言った。サラも動作を止めザキを振り返る。

ココや子供たちもザキに言われてやっと気がついた様子だった。

出産があまりに大変だったために、皆一番肝心なことを忘れていたのであった。

「早速みんなで決めるぞ！　っておい、赤ん坊はどこ行った？」

ザキがクルリと見回しながら言った。

メロは一瞬背筋がヒヤリとしたが、いつしかメルツが抱いていたのだった。

隣にはシンがおり、皆の声が聞こえないシンは、メルツに自分にも抱かせてとジェスチャーでアピールしている。

だがメルツにはシンが見えていないようで、赤ちゃん言葉で赤子に話しかけ一人で笑っている。

自分が父親だと確信しているメルツはとても幸せそうだった。しかしどこか異質で、近寄りがたい雰囲気である。

すっかり自分の世界に入り込んでしまっているメルツにザキは呆れた顔をしたが、メロは逆に安心感を抱いた。

今のメルツもどこか不気味ではあるが、朝のメルツよりはこちらの方がずっといいと思った。

メロたちは作戦会議を開くかの如く大きな輪を作ると、赤子の名前を考えた。

一方サラは少し離れたところで搾乳につとめ、メルツは相変わらず赤子にべったりであった。

メロたちはそれぞれ案を出し合う。

メロは自分の名前とサラの名前を掛け合わせたくて、メラはどうだろうと考え皆に提案した。だが可愛くないと却下され、メロは次にロサはどうかと提案した。

それもいまいちと却下されてしまったメロは、メサ、サロ、ラメ、ラロ、サメ、と思いつく限りの組み合わせを次々と出していったが全部却下された。最後の方は自分でもおかしいと気づいてはいたが。

真剣に考えてと子供たちから注意されてしまったメロは、自分の名前を組み合わせることは諦めて、サラのどちらか一文字を使った名前を考えることにした。

皆もそれには賛成だった。

しかしなかなかいい名前は思いつかず、やっと案が出てサラに聞かせてもサラは悩むばかりでなかなか決まらなかった。

その後もメロたちは何時間も命名に悩んだ。一方サラは搾乳したお乳を飲ませたり、あやしたりして赤子の面倒を見た。

サラはもうすっかり母親の顔となっており、すぐ傍でサラを見ていたメロたちはそれを実感した瞬間名前を考えるのを止めた。

やはり母親であるサラが名前を考えるのが一番いいという結論にいたったのだ。

その頃空は暗くなり始めており、薄暗い森の中、メロたちはまだ名前のついていない赤ん坊を順番に抱いたり、笑わせたりして一緒に遊んだ。

空が暗くなると、不思議と赤ん坊はぐっすりと眠り始めた。

メロたちは起こしてはならないと静かになり、一緒に眠ることにした。

最初の見張り役はメルツがすることになった。メルツ自身が申し出たのである。

メロは冷たい地面に横になる。隣にはサラが横になっており、暗いが赤ん坊を大事に抱いているのが分かる。サラと赤子を傍で感じるメロは、残り少ない幸せな時間を大切にした。

眠ってしまうのがもったいなくて、うっすらと瞳に映るサラと赤ん坊を見つめていた。せめて今夜だけは幸せな将来を夢見てもいいだろうと、三人で一緒に暮らす画《え》を頭に浮かべる。

幸せに浸っているうちに段々とメロはうとうとしだして、眠りに落ちたのだった。

メロは夢の中でもサラと赤ん坊のことを想い続けた。

ここは草原だろうか。眩しい太陽に爽《さわ》やかな風。見たことのない景色だった。

なぜか真ん中にゆりかごがあって、覗き込むと赤ん坊が目をパチパチさせていた。

いないいないばあをすると赤ん坊はキャハキャハと機嫌良く笑った。顔を上げると目の前にはいつの間にかサラがいて、風に靡《なび》く髪を右手で押さえながら優しく微笑んでくれた。

サラと一緒にもう一度赤ん坊を覗き込み、二人で一緒に赤ん坊に話しかける。

気づいた瞬間なぜか二人の姿が消えていた。

綺麗に浮かんでいたシャボン玉が突然パッと消えてしまったかの如く。

広大な草原に一人残されたメロは、サラと叫んだ。

その瞬間サラの悲鳴と赤ん坊の泣き声が聞こえ、メロは現実に引き戻された。

メロは飛び上がるようにして起き上がった。

一瞬夢かと思ったが、やはり現実であった。

サラが悲鳴を上げている。赤ん坊が激しく泣いている！

皆も一斉に起き上がる。耳の聞こえないシンも空気を察知して目覚める。

懐中電灯の光を当てると、メルツがサラの腕を引っ張っていた。

メルツは一瞬しまったというように動作を止めるが、引くに引けないというように再びサラの腕を引っ張る。

サラは赤ん坊を抱きながら必死に抵抗する。

それでもメルツは止めなかった。サラをどこかに連れて行こうとしている。

「何してるんだメルツ！　どうしたんだよ落ち着けよ」

メロは口で止めるしかなかった。命の危険を感じたのだ。

ザキも下手には動かずじっとその場で耐えていた。

メルツはメロを無視して、いや、というよりも眼中に存在が入っていないというように、

「行こうサラ。こいつらと一緒にいたら危険なんだ。いつ魂を喰われるか分からないんだから」

メロたちは耳を疑った。

メルツはまるで自分は普通の人間だと言わんばかりにそう言ったのだ。

この瞬間メロは、朝、メルツがサラに耳打ちしていた内容を知った。

メルツは『悪魔』を恐れ、サラと二人で逃げようとしていたのだ。

「何言ってるのアンタだって！」

メルツに現実を知らせるようにサラが語気を強めて言い放つが、今のメルツには何を言っ

ても無駄であった。

「こいつらは危険だ。いつ頭がおかしくなるか分からないんだ！　狂い出したらサラの魂まで喰われちまうんだ」

メルツは完全に妄想の世界に入っており、自分の身体も悪魔化しているのをすっかり忘れているようであった。

いや、忘れてはいなかったのだ。

いくら説得しても言うことを聞かないサラに段々興奮しだし、

「こんな分からず屋だとは思わなかったよサラ！」

耳元で叫ぶと、筋骨隆々のぶっとい腕でサラの身体を軽々と持ち上げ肩に乗せたのである。

「サラにこんな乱暴したくなかったよ」

興奮する心とは対照的に、メルツは悲しげに言った。

連れ去られる！

メロは危機感を抱いた。

その時だった。

暗闇からハルが現れたのだ。皆が押し黙り、ハルに注目する。

ハルはまるでブリキのおもちゃのようにテクテクとサラとメルツに近づいていく。

ハルはメルツの足の前に立ち止まると、メルツのズボンの裾《すそ》をギュッと掴んで、

「やめて、やめて」

悲しそうな声でそう訴えたのだ。

ハルの意外な言動にメロは驚くが、よく考えてみれば別段驚くことでもなかった。

ハルは記憶を失っただけで、心や感情まで失った訳ではないのである。

ずっと面倒を見てくれていたサラに特別な感情を抱いているのか、或いは今芽生えたのか、それは定かではない。しかしサラの危機を感じ取り、サラを助けたいという感情が湧《わ》いたのは事実であり、当然といえば当然のことであった。

メルツは一瞬狼狽《うろた》える。自分が今していることは正義ではなく悪であると自覚したのかもしれない。

だがメルツはそんなこと関係ないというように足でハルを振り払った。

ハルは簡単に飛ばされ地面に転がる。

「何するの！」

サラが激しく暴れるが、メルツの力にはかなわなかった。

メロは急いでハルのもとに駆け寄る。ハルは気絶してしまっていた。

「可哀想に」

メルツに対し初めて怒りの感情が湧いた。

次の瞬間だった。

突然心臓が熱くなり、同時に体内に流れる血もグツグツと滾《たぎ》り出した。

体内で蠢《うごめ》く悪魔がとうとう殻を破って出てきたのだとメロは認めた。

一気に心拍数が上昇し、脳が緊急事態を告げるように目の前が激しく点滅する。

やがて全身の血管が浮かび上がり、無数のミミズが貼りついているみたいな状態になると、今度は体内で何かが弾《はじ》けたように、或いは化学反応を起こしたかのように急激に筋肉が膨れあがった。

ブチ、ブチと衣服が悲鳴を上げ、拳《こぶし》に力を入れるとビリビリと袖が破けた。

顔つきも、もうメロではなくなっていた。

十四歳の幼さと優しさは消え、怒りとも苦しみともつかぬ険しい顔つきとなっていた。

それすらも自覚できないくらいメロは悶《もだ》え、苦しみから抜け出そうと必死に足掻《あが》く。しかし体内で暴れる悪魔を押さえつけることができず、悪魔を外に放出するかのように咆哮を放ったのである。

ミシミシと樹木がひび割れ、ギシギシと地面が揺れた。

子供たちはメロに怯え木々の陰に隠れる。

赤子がピタと泣き止むと辺りは静寂に包まれ、その中から不気味な息遣いが聞こえてきた。

子供たちが恐る恐るメロに懐中電灯の光を当てる。メロは動物のように四つん這《ば》いになっていた。

一気にパワーをも放出したかのように、メロは肩で息をしながら四つん這いの状態でメルツを見た。

見える。光を当てずともメルツとサラと赤子の姿が。暗闇の中でメルツの目だけは、赤く光っていた。

悪魔化したメロの最初の感情は、自分に対する恐れでも、メルツに対する怒りでもない。

渇きだ。

水分を失った樹木のように、身体がカラカラに渇いている。

今にも魂が涸れてなくなってしまいそうなほど苦しい。

魂が欲しい……！

「言ったろうサラ」

メロの眉《まゆ》がピクリとつり上がる。

「これがこいつらの本来の姿なんだ。こいつらと一緒にいたら喰われるぞ」

メルツはサラに言い聞かせる。いつしかサラは抵抗を止め、金縛りに遭ったみたいに固まってしまっていた。

「サラ安心していいぞ」

メルツはそう言いながら後ずさりし、

「俺は安全だ。一緒にいてもな！」

素早く振り返って逃げ出した。

すかさずザキが追いかける。

子供たちが懐中電灯の光を当てるが反応できないくらいの速さであった。

二人の動きを目で追うメロは息を荒らげながらゆっくりと立ち上がり、一歩、また一歩と進んでいく。

行っちゃいけないと分かっているのに自分を抑制できない。

「待てメルツ！」

ザキが叫んだ。

メルツはサラを抱えている分、ザキよりもスピードが遅く、逃げ切れないと諦めたメルツは急ブレーキをかけるとザキを振り返り、殴りかかった。

ザキは素早く攻撃をかわし、メルツにカウンターを喰らわせた。

顔面を殴られたメルツはサラを抱えたまま吹っ飛んだ。

メルツが倒れている隙に、サラはメルツから離れる。

しかし赤子を抱くサラはメロの方にも、ザキの方にも逃げなかった。

やがてメルツが蹌踉《よろ》けながら立ち上がる。歯をガチガチと鳴らしながら。

「目を覚ませメルツ！」

「…………」

メルツは下を向いたまま動かない。

「落ち着けよ！」

「…………」

ザキが様子を窺いながらメルツに歩み寄る。

メルツは下を向いたまま、

「殺してやるぞ」

恨みに満ちた声で言った。

「俺をキレさせやがって！」

「お前が変なこと考えなければこんなことには」

「喰ってやる」

メルツはザキの言葉を遮って言った。

「お前も、メロも、シンも！　そうすれば邪魔者はいなくなるだろ！　俺がサラを守るんだ！」

冷たい風が木々を揺らす。

一瞬辺りが静まりかえった。

「本気で裏切る気かメルツ」

真剣な声色でザキが問うた。これが最後だと言わんばかりであった。

しかしメルツは答えず、奇声を上げながらザキに襲いかかったのである。

メルツはザキに摑みかかるとザキの魂に手を伸ばす。メルツはまさに悪魔の形相であり、仲間だった頃の顔ではなくなっていた。

ザキは必死に阻止し、メルツを蹴り飛ばした。

メルツはすぐに起き上がり再びザキに摑みかかる。まるで取り憑かれている野獣のようだった。

二人の力は互角だが、本気で殺しにかかるメルツと、何とかメルツを止めようとしているザキとでは明らかにザキの方が不利であった。

防戦一方のザキは、メルツに殴り飛ばされ地面に倒れる。

子供たちの悲鳴の中に、シンの泣き声が聞こえた。

「ああぁ！　あああああああ！　あああああああ！」

一瞬メルツがシンに気を取られ、その隙を見てザキがメルツの背後を押さえた。

「離せ！　離せぇぎゃあああああ！」

ザキはメルツを羽交い締めにしながら、

「メロ！　メロ！」

夜空に向かって叫んだ。

「メルツはもうダメだ！　危険すぎる！　喰え！　喰うしかねえ！」

メロにはザキの声は聞こえていなかった。

それでもメルツの方に一歩、また一歩と進んでいく。

喰いたい、喰いたい、と。

メロは心の中でダメだと叫んだ。

行くな！　行くな！

しかし身体を抑制できず、メロはとうとうメルツとザキの前に辿り着いてしまった。

「喰え！　喰えメロ！」

喰うな！　喰っちゃダメだ！

「やめろ！　喰うな待て！　待ってくれメロ！」

喰え！　喰え！　喰うんだ！

メロは自分の心と悪魔の身体の狭間で悶え苦しむが、最後は心も支配されていた。飢渇《きかつ》に抗《あらが》うことができず、右手をメルツの青い魂に伸ばすとガシッと掴み、まるで球根を引っこ抜くように魂を引き抜いたのである。


魂を抜かれたメルツはまさに抜け殻であった。血色を失い、眼球が真っ白に裏返り、ザキが両手を離すとダラリと地面に倒れた。

その時メロは、メルツどころではないというように貪るかの如く青い魂を喰っていた。口を血まみれにしながら肉を喰う獣のように。

青い魂を飲み込むと、たくさんの水を浴びたかのようにメロの身体は潤い、体形は元には戻らないが何とか正気を取り戻した。

しかし嵐が去った瞬間、今度は後悔の波が押し寄せる。

メロは膝を落とし、悲痛な顔でメルツの身体に両手を伸ばした。

その時だった。

またしても身体に異変が起きた。

メロの全身の骨が妙な音を立て始めたのだ。

最初はギシギシと微弱な音であったが、段々枝を折ったような音に変わっていき、同時に筋肉も発達していく。

ブチン、ブチンと上着のボタンが外れ、ズボンもビリ、ビリと悲鳴を上げる。

メロは激しく混乱した。

バキバキと奇妙な音とともに、身体がみるみる大きくなっていく。上の衣服が一気に張り裂け、メロの肉体が露《あら》わとなる。鋼のようであった。

上半身がもろに寒風にさらされたが寒さはない。むしろ暑いくらいだ。

メロは恐る恐る立ち上がる。その時ズボンが所々破けた。

目の前に立つザキがメロを茫然と見上げる。

悪魔化したザキの身体の二倍近くあった。

「どうなってんだよ一体」

ザキが言った。

メロは首を横に振ることしかできなかった。

「メルツの身体ごと吸収しちまったみてえじゃねえか」

メロは的確な表現だと思った。顔も心も自分のままだが、メルツと合体したみたいである。

「まさか、悪魔を喰っちまったからか？」

「いや違うな」

メロとザキはハッと振り返る。

言ったのはキラであった。

キラはいつものように腰にぶら下げている金の瓢箪を手の平でポンポンと弄びながらやってきた。

二人に怯えた様子はなく、むしろ愉快そうである。

「違うって、何で分かるんだよ」

ザキが乱暴な口調で問うとキラはニヤリと上唇をつり上げ、

「遠い昔、魂を喰うとその者の力まで吸収して、巨大化していく悪魔が存在したらしいぜ」

「おいキラ、デタラメ言ってんじゃねえだろうな」

「俺だって聞いただけだ。だが事実」

キラはメロを指さし、

「メルツを喰った瞬間、急激にデカくなった」

この時だけは低い声で言った。

「メロもそれだっていうのかよ」

「俺はそうだと思うぜ。ある意味では希少種だな」

キラは何がおかしいのかハハハと笑った。

「こんなことは滅多にないぜ」

ザキが不愉快な目をキラに向ける。

「どういうことだ」

「普通の悪魔に、巨大化していく悪魔、それにこの森には記憶を喰っちまう希少種だって潜んでいるんだぜ。三種の悪魔を見られるなんて、まさに夢の共演だぜ」

「キョウエン？」

ザキが眉間に皺を寄せてキラに問うた。

「ああ、ああ、お前たちはテレビを観ないから分からねえな。簡単に言えば、この先が楽しみだ、ってことだ」

キラはそう言い残して去っていった。

メロはメルツの亡骸《なきがら》の前に屈むと、改めてメルツを抱き上げた。

自分が普通の悪魔と違おうが、この先どんな身体になってしまおうが、メロはどうだってよかった。

それよりもメロは、メルツの魂を喰ってしまったことを深く後悔した。

俺はずっと一緒に過ごしてきた大切な仲間を喰った。最低だ。最低の人間。いやもう人間じゃない。心も身体も悪魔だ。

勿論あの時、自分の命とメルツの命を天秤《てんびん》にかけた訳じゃない。

最後の最後、心まで支配されてメルツの魂を奪ってしまったんだ。

メロは首を横に振る。

もう遅い。何を思ってもメルツは生き返らない。喰ったら最後。魂を戻すことはできないのだ。

自分を激しく責め、後悔に苦しむメロのもとに赤子を抱いたサラとシンがやってきた。

「メロ」

「メオ」

メロは顔を上げるが、サラとシンを見ることができなかった。

「ありがとう」

意外な言葉にメロはサラを見た。

サラはいつもの優しい顔だった。シンも同じだった。

「え？」

「メロが助けてくれたから、私も、この子も、それにみんなもこうして無事なんだよ」

狂乱したメルツが脳裏を過ぎるが、だからといって納得することはできなかった。

「でも俺は」

「メルツを殺すしか方法はなかったと思う」

サラが残酷な言い方をしたものだから、メロは驚きとショックを隠せなかった。

「そんな言い方するなよサラ」

「ごめん」

「でもサラの言うとおりだぜ」

ザキが横からサラをフォローするように言った。

「あいつは狂っちまってた。喰わなきゃ、みんなヤバかったんだ。だからメロ、そんなに自分を責めるなよ。お前はみんなを助けたんだ。そう思えよ」

ザキにそう言われてもメロは自分を納得させることはできず、

「メルツの墓を作ってやろう」

と言った。

ザキは一つ息を吐き、

「そうだな、分かったよ」

と言い、土を掘り始めた。

それを見たシンも一緒に土を掘る。赤子を抱くサラは隣でじっと三人を見ていた。

墓が出来上がるとメロはメルツの亡骸を抱え、土の中に寝かせた。

土を被せていくメロはメルツに哀惜《あいせき》の念を抱くと同時に、一方ではある恐れを抱いていた。

渇きだ。メロは自分が怖かった。

またあの時のような危険な症状が起きたら、メロは正直自分を止める自信がない。

また、仲間の魂を喰ってしまうかもしれない。

それなら死んだ方がマシであった。自分が生き延びるために仲間を犠牲にするなんて、もう耐えられない。

メルツを葬ったメロはココや子供たちのもとに戻るのではなく、キラのもとに向かった。

キラは倒木に腰掛け、ペットボトルの水を飲んでいる。

メロは懐中電灯を使わずともキラの姿が確認できるが、キラにとっては突然暗闇からメロが現れたものだから驚いたようであった。

「何だメロか」

キラはメロを見上げて言った。

メロは神妙な面持ちで、

「キラに頼みがある」

「頼みだと？　気味悪いな。何だよ」

メロは一旦仲間たちを振り返り、

「できることならサラや子供たちを街に着くまで守ってやりたいけど、もし、もしその前に俺が、先みたいに自分を止められない状態になってしまった時は」

「なってしまった時は？」

メロは躊躇《ためら》うことなく言った。

「仲間を喰ってしまう前にキラの手で俺を」

「いいよ」

言い切る前にキラは了承した。

「何かと思えばそんなことか」

キラは鼻で笑ったが、すぐに真顔になり、もう一度、

「いいよ」

メロを見上げて言った。

そこでメロは緊張の糸が切れたように笑顔になる。キラもフッと笑った。

「ありがとうキラ」

これで安心だなと、メロは思った。


メロは仲間たちから離れた場所に移動し、一人樹木に寄りかかり目を閉じた。

眠ってしまえば嫌なことを全て忘れられると思ったが、やはりメルツのことが頭から離れず、メロは一睡もできぬまま朝を迎えた。

渇きはない。身体の中に潜む悪魔はまだ眠ってくれている。

潤いを感じるメロはメルツに対し罪悪感を抱くが、一方ではメルツのおかげだと思うようにした。

仲間たちはすでに目覚めていた。

メロは子供たちの反応を気にしながら皆のいる場所に戻る。

ココや子供たちが緊張の面持ちでメロを見上げた。

メロはそれに気がついているが、気がついていないふりをした。

それでも、

「サラ、もう身体の方は大丈夫かい？」

沈んだ声になってしまった。

「いつまでも休んでいられないわ。行きましょう」

依然メロはココや子供たちの視線を感じる。

メロはこの時、俺は今悪魔の顔なのだろうか、それとも普段の顔なのだろうかと思った。

メロは自分の顔つきが分からぬまま皆に背を向け歩き出す。すると後ろから、

「メオ！」

シンの声がして、メロは振り返った。

シンが走ってくる。メオ、メオと叫びながら。

メロはシンを見下ろした。

シンが、どうして一人で行っちゃうの、一緒に行こうよというように足に抱きついてきたのだ。

メロはこの時、自分がどんな姿になろうがシンは親友だと思ってくれているんだなと感じた。同時にメロは、シンは本当の親友だと改めて思った。

ありがとうシン。

メロは膝を曲げてシンに手を伸ばす。

寂しそうにしていたシンはガラッと笑顔に変わり、メロの手に自分の手を重ねた。

するとそれを見た子供たちもやってきた。

シンのマネをするように、七人の子供たちがまるで樹木に抱きつくように、メロの足を抱きしめた。

「お前たち、怖くないのか？」

メロが尋ねると、コナがメロの足を抱きしめながらブルブルと首を振った。

「怖くない」

そうだそうだ、と他の子供たちが後に続いた。

「こんな恐ろしい姿になってもか」

「見た目が怖くても、メロ兄ちゃんは怖くない。私たちを守ってくれるもん」

またしても他の子供たちがそうだそうだと言う。

「でも昨日の俺を見たろ？　俺はメルツを」

「いい！」

「いい？」

「メロ兄ちゃんなら、メロ兄ちゃんだったら食べられちゃってもいい！」

そうだそうだ。最後は小声で、ばらついていた。

メロはコナの気持ちが心底嬉しかったが、

「いいかみんな」

子供たちの目を真っ直ぐに見つめ、

「死んでもいいなんて思うな。生きるんだ」

母の最後の言葉を思い出しながら言った。

「たとえ幸せな将来じゃなくても生きろ。生き続けろ。何でもいいから生きるんだぞ」

メロは最後、赤子を抱くサラの目を見て言った。

サラたちは強く頷く。サラの隣にいるハル一人だけがポカンとしていて首を傾げた。関節の音が鳴ると、ハルは朝一番のポキリに気分を良くしたようだった。

ハルはもっともっとやんちゃだったが、今何となく記憶を失う以前のハルを見た気がして

メロは少し嬉しかった。

メロは表情を和らげ、

「それともう一つ」

子供たちに言った。

「俺がお前たちを喰うなんてことは絶対に有り得ないから」

言い終えたメロは遠くにいるキラを見た。

子供たちもその意味を知り複雑な表情を浮かべた。

メロは重い空気を変えるように、

「さあ行こう。街に」

皆に改めて言った。

メロたちは歩き出す。

これまでと同様、歩いては休み、歩いては休みを繰り返し、舗装された道路に沿ってひたすら前に進んでいく。サラは三時間毎に赤子にお乳をやり、死なせまいと必死だった。

もう少しで街に着くぞ。メロは何度も何度も皆を励ます。

嘘ではなかった。村からどれくらいの距離を歩いてきたか正確な数字は分からないが、キラは五十キロくらい歩いたと言った。

メロはもうそろそろ着く頃だと思っている。

しかし期待とは裏腹に、この日も一向に景色が変わることはなかった。

空は夕闇が迫っており、もうじき夜を迎える。子供たちはもう一歩も歩けないくらいに疲れ果てている。

街はまだか！　メロは頭の中で叫んだ。

ドクン、ドクン、と心臓が怪しく波打つ。
メロは平静を装っているが焦っている。苛ついている。
身体が、渇き出したのだ。
メロはまだ自分自身を保てているが、段々心臓が熱くなり始めた！

メロはやがて呼吸が乱れ、額にじっとりと嫌な汗が滲む。
熱い。苦しい。
手足が震え出し、ピクンピクンと血管が波打つ。
メロは気づけばサラたちの心臓に宿る青い魂を見ていた。
魂、魂、魂。
メロは奥底から湧き上がる欲求を必死に押し殺す。
ダメだ。それだけは絶対にダメだ。
メロは悪魔に自分を支配されてしまう前にと、キラに目で合図した。
キラはその合図を受け取ったはずだ。しかし何の動作も見せない。
奴に躊躇いはないはずだ。

まだ様子を見てくれているのか？
それとも裏切ったのか！
キラ約束したろう！
早くしろ、早くしないと俺は仲間を喰っちまう！
頭の中で叫んだ時、メロはザキの気配を感じ取りハッと振り返った。
メロはザキを見た瞬間絶望感を抱いた。
ザキも魂を欲しているのだ。
息を荒らげながら鋭い目で仲間たちの青い魂を見ている。しかしすぐさま目を伏せる。
まだザキは葛藤《かっとう》している。それが唯一の救いであった。
「ダメだぞザキ」
メロは必死に自分をコントロールしザキに言った。
ザキの目がギロッとメロに向けられる。いやメロの青い魂だ。
殺し合いの空気が漂う。
サラたちは後ずさる。
ザキが迷いながらも、メロに一歩近づく。
メロは自分の心と悪魔の身体の狭間で戦っていた。

「メオ！　アキ！」

シンが叫んだ。

二人はシンの声に反応せず睨み合う。

シンが走り出すが、咄嗟にサラがシンの洋服を摑んだ。シンが叫びながら暴れる。

その時だ。

メロとザキの表情から殺気が消え、二人は辺りを見渡した。シンに反応したわけでも、正気に戻ったわけでもない。

ある臭いを感じ取ったのだ。

渇きはピークに達している。それでも仲間の魂を喰わず遠くの臭いに敏感に反応したのは、まだ意識のどこかに『自分』が存在していたからであった。

メロとザキは同時に走り出す。

二人が向かったのは街とは逆方向、村の方角であった。

二人は薄暗い森の中を颯爽《さっそう》と駆け抜けていく。

見つけた。獲物を。

メロとザキは立ち止まり、百メートル程先にいる獲物を見据えた。

迷彩服を着た五人の大人たち。草むらに隠れているがメロとザキにははっきりと見える。

男たちは皆酷く憔悴《しょうすい》している。怪我《けが》を負っている者もいる。

デクを殺した奴らに違いなかった。

ザキとメルツに襲われ、命からがら逃げ延びた残党兵だ。

皆銃を手にしているがメロとザキには関係なかった。

忍び寄るつもりもない。むしろそんな余裕はなかった。枯渇に苦しむメロとザキは地面が揺れるほどの咆哮を上げ残党兵に襲いかかった。

化け物だ！

敵の一人が叫喚する。

男たちは咄嗟に立ち上がり銃を構える。

が、その時にはもう二人の男が内臓をえぐられていた。腸がダラリと落ち、男たちは痙攣《けいれん》しながら倒れる。まだ青い炎は消えてはいない。

残りの三人が悲鳴を上げながら銃を乱射する。

メロとザキは素早くかわし、更に二人の敵を一撃で気絶させた。

最後の一人がメロを見上げる。男は自分の倍以上大きいメロに戦き、銃を向け、歯をガチガチと震わせながら引き金を引いた。

カチリ。

弾切れであった。

敵は真っ青になって後ずさる。足が絡んで地面に尻餅をついた。

男は両手を上げ、

「頼む！　助けてくれ！　俺には家族がいるんだ！　子供だって小さいんだ！　まだ死にたくない！　頼むぅぅぅぅ」

必死に懇願するが、

「うげえええええ！」

メロは男の青い魂をがしっと摑むと引っこ抜きムシャムシャと食べた。同時に、骨がぴきぴきと音を立て始める。

ザキも腸がこぼれている男たちの魂を貪り喰う。しかしザキの身体に変化はない。心と身体が潤っただけである。

メロは一人では足りないというように残りの二人の魂も喰った。

するとまたしても骨が音を立て始め、まるで茎に魔法の水を与えたかのように、にょき、にょき、と骨が伸びていく。同時に筋肉も更に発達する。

メルツを喰った時より大きな変化はないが、それでも二十センチほどは伸びており、骨の音が止まった時、メロの背丈は三メートル近くに達していた。

やはり自分の身体は魂を喰うとその者の力まで吸収し巨大化していくらしいとメロは自認した。

しかしメロにとってそんなことなどどうでもよかった。

渇きが満たされた満足感。仲間を喰わずにすんだ安堵感。

メロはほっと息を吐いた。

しかしすぐに暗然たる面持ちとなる。

安堵する一方で、メロは一抹の罪悪感を抱いていたからであった。


人間の魂を喰ったメロとザキは何とか渇きを満たすことができたが、サラたちのもとに戻る際の二人の表情は正反対であった。

ザキは食事にありつけた満足感は元より、恨み続けた人間を殺したのがよほど快感だったらしく酷く興奮している。

一方メロは気力を吸い取られたかのような暗澹《あんたん》たる面持ちであり、無言のままサラたちのもとに戻ると、やはり一言も喋らぬまま樹木に寄りかかって座った。

サラたちはまた大きくなって戻ってきたメロに驚きを隠せない様子である。

メロは誰も寄せ付けない雰囲気であり、鉛のような重い溜息を吐いた。

『頼む！　助けてくれ！　俺には家族がいるんだ！　子供だって小さいんだ！』

メロは先からずっと、最後に殺した男の言葉が頭から離れなかった。

メロたちはこれまでに何人もの看守や敵兵を容赦なく殺し、また一切の罪悪感もなかった。

相手は敵なのだ。殺さなければ殺されていた。

だがメロは先の男の言葉で、初めて一抹の罪悪感を抱いた。

当たり前だが、これまでに死んでいった看守や敵兵の背後にも家族がいる。自分たちと同じように大切な家族が。

自分たちはその家族から大事な命を奪ってこうして生きている。

無論、殺さなければ殺されてしまう。だから仕方のないことだった。

でもあの男の言葉が心に重く残る。男の帰りを待つ妻や子供の泣き声が聞こえるのだ。

とうとう自分の身体が悪魔化し、それどころかこんな姿、こんな凶暴になってしまったが、それでもまだ生きる運命だとしたら、とメロは考えた。

生き続けるには人間の魂を喰わなければならない。自分一人が生き続けるのに、多くの人間、罪のない人間が犠牲になっていく。

メロは母の言葉を思い出した。

母はどんな姿になっても生き続けてほしいと願ったが、罪のない人間たちの魂を喰ってまで生きることはできないとメロは思った。と同時に、やはり悪魔化した自分は生きていてはならない存在なのだと改めて思った……。

長い時間思い悩んでいたメロはハッと辺りを見た。

いつしか皆眠っている。

メロは木に寄りかかったまま眠っているサラを見た。赤子も母親の胸の中ですやすやと眠っている。二人の寝顔を見ていると、自分の置かれた立場も忘れて幸せな気分になれた。

二人といられるのもあと僅かだと思う。明日にはきっと街に着く。

メロは瞳に焼き付けるように、ずっとずっと二人の寝顔を見つめていた。

メロの不安は『人間』と『渇き』である。

この先多くの敵部隊が待ち受けているであろう。

しかしたとえ罪のない人間たちであっても、皆殺しにするつもりで戦う。矛盾しているが、サラたちを守るためなら話は別だ。必ずサラたちを街に辿り着かせる。

ただうまく街の中に入れたとして、サラたちが普通の人間たちと一緒に暮らしていけるかどうか……。

家も、食料も、更には何の知識もないサラたちは人間世界で生きていくのに相当苦労するだろう。村から出たことを後悔する日がくるかもしれない。

それでも生き続けてほしい。生き続けていればいつか必ず幸せな時が訪れるはずだから。

「先からずっと何を考えているんだ？」

ザキに声をかけられメロは振り返った。

「気づいた？」

「そりゃあそんなデカい身体だからな」

ザキが笑いながら言った。

「で、何を考えてたんだ？」

「いやあ」

「何だよ」

「みんなの、将来のこと」

「何だ心配してるのか？　最強の俺たちがついているんだ。大丈夫だぜ」

メロはすぐに返事ができなかった。

「うん」

「そんな心配なんてしないで、寝ていいぜメロ。俺が見張っててやるからよ」

メロに疲れはない。眠らなくても良い身体になっている。

ただ『渇き』が不安である。

短時間のうちに身体が魂を欲し出したら……。

メロは眠ることにした。眠れば渇きの不安もなくなる。

「適当に起こすからよ」

メロはザキにありがとうと言って目を閉じた。

自分でも不思議なくらいすぐに眠りに落ち、目覚めた時、空は明るみ出していた。

どうやらずっとザキが見張りをしてくれていたらしい。

「起きたかメロ」

メロはまず、身体が何ともないことに安堵した。

メロは大きな身体を起こし、

「わるい。ずっと眠っちまった。起こしてくれればよかったのに」

「いいよ、気にすんな」

やがて皆も目を覚ます。

「行こうみんな。街はすぐそこだ」

メロが皆を急《せ》かすように言った。

今はまだ身体に変化はないが、いつ渇きに襲われるか分からない。

メロは正常なうちに街に着いてしまいたかった。

ザキもそれを分かっており、

「行こう」

メロに続いて言った。

サラたちも勿論メロたちの事情を承知しておりすぐに立ち上がる。

だがその直後だった。

最初に異変に気がついたのはコナであった。


「ねえココ、どうしちゃったのよ。早く行きましょう」

コナの声が後ろから聞こえ、メロはハッと振り返った。

ココは地面に座ったまま立ち上がろうとはせず、動揺した色で自分の顔を触ったり、手や足を色々な角度から見つめたりしている。まるで自分の身体を初めて見るかのように。

「ねえココ」

コナがココの手を取ると、

「さっきからうるさいわね。あなたは誰なの？」

鬱陶しいと言わんばかりにそう言ったのだ。コナはショックを受け固まってしまった。

「それよりここはどこなの？　私は、どうして？」

メロは背筋が凍り付いた。

「まさか、ココ？」

メロが歩み寄ると、ココはそこで初めてメロの存在に気づいたらしく、目をギョッと見開き悲鳴を上げた。

「ば、ば、化け物！」

ココは立ち上がって逃げようとするが腰が抜けて派手に倒れた。

ココは恐る恐る振り返り、メロが幻ではないと知るともう一度悲鳴を上げ、今度はゴキブリのように地面を這ってメロから逃げた。

すぐさまザキがココを止めるが、興奮するココはザキの言うことを聞かなかった。

「離して！　離して、殺されるわ！」

狂乱するココはザキの身体の中で激しく暴れる。ザキが耳元で怒鳴ってもおさまらなかった。

メロは色を失った。

喰われている。

記憶を。悪魔に。

「ふっふっふ」

背後で嫌な笑い声がした。

振り返るといつの間にかキラが立っていた。

こんな時にもかかわらずキラは金の瓢箪を指で弄びながら、

「また現れたな。希少種」

希少種を歓迎するように言った。

「恐らく、アンリもリーザも希少種に喰われたんだろうなあ」

メロも同じことを考えていた。三日前の晩のハルの行動が脳裏を過ぎったのである。

『お散歩』

二人とも誰かに連れ去られたのではない。

記憶を喰われ、皆が寝ている間にフラフラとどこかへ行ってしまった……。

メロはサラと手を繋ぐハルを見た。ハルはメロの視線には気づかず、首をポキポキと鳴らしながら、錯乱するココを珍しそうに見つめている。

いつだ。三人ともいつ喰われた？

メロはキラを無視するように背を向け、昨晩のことを思い出す。

残党兵の魂を喰いに行った時か。

いや、帰ってきた時はまだ記憶はあったはずだ。

メロとザキがお互いを見合う。

「昨晩はずっと俺が見張ってたんだぜ」

メロの心を読み取ったようにザキが言った。

「寝る前だって、こんなんじゃなかったよ」

コナが今にも泣きそうな声で二人に知らせた。

なら、いつだ。

ふと、メロの頭の中にある映像が浮かぶ。

それは、見張りをしているザキの目を盗んで現れる一つの影。

メロは耳を澄まし、影の正体を探す。

「リュウか？」

ザキが言った。

メロは頷く。

「有り得ねえよ。リュウが現れた気配はなかった。ココはずっとみんなの傍にいたんだぜ。それならさすがに気づく」

「なら一体……」

次の瞬間、メロとザキの動作が停止した。

偶然瞳にシンが映ったのだが、そのシンが下を向いて酷く動揺しているからだ。


シンは皆に注目されていることにも気づかず、真っ青な顔でまごまごしている。

触れただけで失神してしまいそうな状態だった。

今すぐにこの場から消えてなくなりたいと心の中で叫んでいるように見えた。

「シン」

メロがそっと声をかけた。

シンは耳が聞こえないが、心の声が聞こえたのであろう、メロを見た。

シンの目は怯えていた。過ちを後悔しているようにも見えた。

「シン」

メロはなかなか想いを言葉にできない。

救いを求めるようにサラを見た。

サラは心を痛めたような表情でシンを見つめている。子供たちもそうだった。恐れはなく、怯えるシンを哀れんでいる。

皆の悲しみが赤子に伝わったのか、赤子が急に激しく泣き出した。

重い空気に包まれる中、キラ一人だけが面白そうにしている。メロにまで興奮が伝わってくるくらい。

メロは勇気を振り絞って言った。

「シン、お前なのか？」

シンはメロの口の動きで意味を読み取ったはずだが、何も言わずにまた下を向いてしまった。

おい、シン。

黙ってないで答えてくれシン。

シンだとしても俺は何も思わないよ。どんなことがあっても、俺たちずっと親友だろう？

ハルたちの記憶を喰ったのは、シンなのか？

そうか、みんなに知られるのが怖いのか？　そうなんだな。

それなら俺だけでいい。

俺だけにそっと心の声を送ってくれないか。みんなには言わないよ。約束する。なあシン……。

メロはじっとシンの答えを待ったが、結局シンから何も返ってくることはなかった。

親友が打ち明けてくれないことにメロは大きなショックを受けるが、一方ではシンが『希少種』なら、それはそれでよかったと思っていた。

この先、万が一シンが捕まったとして、希少種ならば命は助かる。また狭い空間に隔離されようが、どんな扱いを受けようが、生きられることは確かなのだから。

「行こう」

シンが自分から真実を打ち明けてくれるのを待ちたいが、もう時間がない。

渇きが襲ってくればそれこそ大変なことになる。

「行くぜ」

ザキが、依然メロに怯えた様子のココの手を掴んで言った。

突然触れられたものだからココは驚いて悲鳴を上げた。

「大丈夫だ。みんな仲間だ安心しろ！　さあ行くぞ」

ザキがそう言い聞かせてもココは嫌だと叫んだ。行きたくない行きたくないと子供みたいに暴れ出した。

時間がないと、ザキは暴れるココを無理矢理担ぎメロに合図する。

「行こうみんな」

メロは改めて言った。

行こう、という口の動きで、シンが一瞬安堵したのをメロは見ていた。

シンは自身の問題を遠ざけるように一人で歩き出す。いつもメロと手を繋いで一緒だったのに……。

メロは歩きながらシンの小さな背中を見た。

先頭を歩くシンは、依然仲間を避けるように少し距離をとって歩いている。

シンの背中がいつもより小さく見えるのは、自分の身体が大きくなったからか？

違う。シンとの心の距離を感じるからだ。

メロは孤立しているシンに心の中で強く訴えた。

なあシン、お前だってどこかで予感しているだろう。

俺たちはもう長いこと一緒にはいられない運命なんだ。

お前は生きていいが、俺は生きてはならない。俺が生きることで何人もの人たちが不幸に
なる。悲しい運命だが仕方のないことなんだ。

シン、俺はお前が希少種かどうかなんてどうだっていい。

親友のお前が全てを打ち明けてくれないことが悲しいんだ。

シン、俺は今正直、昔のシンを見ているようだよ。

耳が聞こえないお前はそれをコンプレックスに感じて仲間の輪に入ろうとはしなかった。でも段々仲良くなって、いつしか俺たち親友になって、毎日毎日一緒にいたろう。耳が聞こえなくても、話すことができなくても、いつも心の中で言葉のキャッチボールしてたろう。何でも話し合ってきたじゃないか。

もう俺たち最後なんだぜ？　このまま別れるなんて嫌だよ。寂しすぎるよ。こっちを向いてくれよシン。心の声が届いているのなら……。

寒風が吹きすさび、森の中がザワザワと音を立てる。

シンは風や雲の流れには敏感に反応するが、メロの心の問いかけには反応せず、結局振り向いてもくれなかった。

ドクン。

虚《むな》しい想いを抱くメロの心臓が、突然警告を告げるように波打った。

来る。

メロには心臓の鼓動が悪魔の足音に聞こえた。

待て。もう少し待ってくれ。

メロは胸に手を当て息を吐く。

強い鼓動は一時的であったが、メロは気が気でなかった。

街はまだか。

焦る気持ちとは裏腹に、街は見えてこない。

タイムリミットが迫っているメロは歩調を速めた。子供たちはとっくに限界を超えて今にも倒れそうな状態であるが、最後の気力を振り絞って一歩、また一歩と前に進む。

子供たちが不憫であるがメロとザキには休憩している時間は一秒もなかった。

メロたちは一度も休むことなくひたすら歩き続けた。

だが、一向に見えてこない。街に着く気配すらない。

歩き出してから三時間は経っているはずなのにずっと同じ景色だ。

メロは真っ直ぐ歩いているはずなのにグルグルと同じ道を回っているような感覚に陥った。

本当は最初から街なんて存在しないのではないかという疑念をも抱いた。

メロはとうとう耐えきれず、

「キラ！」

最後尾を歩くキラに向かって叫んだ。

大声に驚き赤ん坊が泣き出す。ココもパニックに陥った。

メロは身体を震わせながら大きく息を吐き、怒りを静めた。

でも、もうダメだ。

実は先からずっと、心臓が激しく波打っている。苦しいのだ。

やがて血がグツグツと滾り、目の前に映るシンがグワラングワランと歪む。血が逆流しているようであった。

熱い。心臓が熱い。炎に焼かれているように。

身体中の水分が蒸発し、乾涸《ひか》らびていくような感覚。

次いで、渇きが襲ってきた。

「メオ、メーオ」

シンが心配してやってきた。

メロは膝を曲げ、ユラユラと映るシンを強く抱きしめた。

瞬間、シンとの十五年間が脳裏に蘇る。しかしメロはすぐに想い出を振り払った。

すでに悪魔は目覚めている。今すぐにこの場から立ち去らなければならないと思う。

「ありがとうシン」

もう全てを話してくれなんて言わないよ。

語り合わずとも、真実を知らずとも、シンと繋がっていることに変わりはない。

たとえどんなことがあろうが、お前は俺の一番の親友だから。

「メオ、メオ」

メロはシンに微笑み振り返った。

そしてサラに歩み寄り、サラの細い身体を抱きしめた。いや、包み込んだと言った方が正しかった。

「メロ」

サラの心臓の鼓動がメロの胸へと伝わる。

温かい、とメロは思った。身体が炎のように熱くても、サラの温もりはしっかりと感じた。

メロはサラを抱きしめているこの瞬間を脳に刻み、サラの温もりを肌で記憶した。

「サラ、この子を抱っこさせてくれ」

赤子を見つめながら言った。

サラは赤子をメロに差し出す。

メロは薄れていく意識の中、小さな小さな身体を優しく抱きしめた。これが最後だと思うと胸がきつく締め付けられた。

名前で呼んでやりたいけれど、この子にはまだ名前がない。せめて、サラと一緒にこの子の名前をつけてやりたかったと思う。

「ありがとうサラ」

赤ん坊をサラに渡したメロは、サラの瞳をじっと見つめる。

誰よりも大切な人。

幼い頃からずっとずっと想い続けてきた人。

その大事な想いですら、飢えによって薄れていく。

メロは最後まで言葉で表現することができず、ザキを見た。

「力を貸してくれ」

ザキはすぐにその意味を理解し、

「分かった」

真剣な顔つきで頷いた。

メロとザキは何も言わずにサラたちに背を向けた。

もうこれ以上、サラたちとは一緒にはいられない。先に二人で街に行く。

その途中、敵兵が待ち受けているはずだ。敵を全滅させて、安全な状態でサラたちを待つ。

サラたちが無事街に着けば、そこで自分の役目は終わりだ。サラたちを見届けて、消えようと思う。

サラたちの制止を振り切り、メロとザキは走り出した。

その時にはもうメロは獣の形相であり、サラたちを守るという使命感と、敵兵の魂を喰いたいという欲求の狭間にあった。

出てこい！　出てこい！　出てこい！

飢えに苦しむ悪魔が叫ぶ。

メロは必死に自分を保つ。

みんな頑張れ、もう少しだから。俺たちが守ってやるから。

メロとザキは警戒心を研ぎ澄まし、森の中を一直線に駆け抜ける。

しかしどこにも敵兵は待ち構えておらず、メロはそれが逆に不気味であった。

街はまだまだ先か？

メロはサラたちの体力を心配する一方で欲求に苦しむ。

喰いたい、喰いたい、喰いたい……。

警戒心と欲求が混ざり合う妙な感情であった。

やがて飢渇の苦しみ一色となるがやはり敵兵は現れず、現れぬまま、森の出口が見えてきたのである。

距離にして一キロもなかった。

渇きに苦しむメロの中に微かに安堵が芽生えた。サラたちは二十分足らずで到着するであろう。この先に今度こそ大軍が待ち構えているはずだが、二十分もあれば十分だ。

森を抜けると荒野が広がり、約二、三百メートル先に高さ二十メートル程の強大な壁がたちはだかっている。

中央には鉄の門があり、門もまた、メロの身体が小さく見えるくらいに巨大である。人間一人で開けるのは到底無理であろう。

この先に人間が暮らす『街』があることは考えずとも分かった。

鉄の扉を中心に、巨大な壁はどこまでも続いている。

実は人間たちが閉じ込められているのではないかと錯覚するくらいだ。

しかしそんなわけはないとメロは思った。

鉄の扉の向こう側には、自由な世界が広がっているはずだとメロは信じた。

しかし街を見たことがないメロには何も想像できない。

約十五年間悪魔村という狭い空間で生きてきたメロには、人間が暮らす世界の広さすらも想像できなかった。

メロとザキはすぐに異変に気づいた。

どこを見渡しても敵兵がいない。

扉の向こう側に意識を集中するが、しんと静まりかえっている。ただ無人の荒野が広がっているだけだ。

しかし確実に捉《とら》えている。

鼻は、臭いを。

野性味溢《あふ》れる肉の臭い。心をそそる汗の臭い。悪魔に怯える人間の臭い。魂の臭い！

メロは血湧き肉躍る。ザキも獣の顔つきとなり一気に高ぶる。壁の向こう側に敵が潜んでいる。襲いかかるタイミングを計っている。

メロは鉄の扉を見た。

そっちがこないならこっちから行ってやろうか！　あんな鉄の扉を開けるには一人で十分だ。

いきり立つメロは鉄の扉を見据え、息を乱しながら歩き出す。

その時だった。

メロとザキから見て左側の壁の天辺《てっぺん》でピカッと光が反射した。

それが何なのかメロには瞬時に理解できなかったが、とてつもなく悪い予感がしたメロは、

「逃げろ！」

叫ぶと同時に走り出した。

その刹那、荒野に乾いた音が二発鳴り響いた。

メロは間一髪《かんいっぱつ》左腕を擦《こす》った程度だったが、一瞬反応が遅れたザキは、胸を撃ち抜かれた。


赤い血が弾け飛び、ザキの片膝がガクリと落ちた。

「ザキ！」

メロは左腕から血を流しながらザキに駆け寄る。

壁の天辺にはいつしか無数の兵隊が横一列に並んでおり、ライフルを構えていた。

ザキは血色を失い、口からも血を流している。次第に額の青筋は消えていき、筋肉は衰え、表情も普段の幼いザキに戻っていく。まるで悪魔が祓《はら》われたかのようであった。

「メロ、逃げろ」

掠《かす》れた声で言った。

メロはザキを抱え上げる。

しかし想いとは裏腹に、身体が兵隊の方に吸い寄せられる。悪魔が兵隊の魂を欲しているのだ。

メロは悪魔と戦い、何とか自分の身体を森の方へと走らせた。

撃て！　という合図とともに一斉に銃弾が放たれた。

メロは敵兵たちの照準を狂わせるように左右に動く。しかし悪魔に身体を支配されつつあるメロの動作は鈍く、森に入る手前で右脹《ふく》ら脛《はぎ》に弾を喰らってしまい、身体がよろけた。しかし耐え、何とか木の陰に隠れた。

パスン、パスンと木に銃弾が撃ち込まれる。

メロは腕や足の痛みも忘れザキの頬を叩き必死に呼びかけた。

「ザキ、おいザキ！　しっかりしろ！」

ザキはうっすらと目を開けて頷いた。

「お、れは、だい、じょ、ぶだよ、しん、しん、で、たまるか！」

ザキらしくそう言うが、

「メ、ロ、みんな、のこと、たの、んだぞ」

今にも消え入りそうな声でメロに告げた。

「ザキ」

手を握りしめると、ザキは薄い笑みを浮かべて手を握りかえした。

「死ぬなよザキ」

メロには心なしか、ザキの心臓に宿る青い魂が小さく見えた。

魂、魂、魂……だ。

ダメだとメロは欲求を振り払う。

やがて、銃声を聞きつけたサラたちがやってきた。

メロは咄嗟に叫んだ。

「来るな！　木に隠れろ！　死ぬぞ！」

サラたちは急いで木の陰に隠れる。と同時に不思議と銃声が止んだ。

代わりに男の野太い声が荒野に響いた。

『希少種をこちらに渡せ。希少種がいることは分かっている』

メロはハッとシンを見た。

耳の聞こえないシンはメロの視線には気づくが状況は理解できず、ただただ不安な表情である。

どうして希少種がいることを？

メロはすぐに合点した。

そうだ。恐らくアンリとリーザだ。

やはり二人とも記憶を失っており、両方かどうか定かではないが、とにかく敵に捕まったと思われる。

『希少種を素直に渡せば女子供は助けてやる。お前等も、楽に死なせてやる』

自分とザキのことを言っているのだなとメロは理解した。

メロは迷った。

皆が助かるのなら、生きられるのなら……。

でも捕まったらまた不幸だ。一生狭い村の中で、男子は悪魔になるのを望まれ、悪魔になったら殺される。女子は毎日繁殖行為を命じられ、悪魔の子供を作らされる。

悩む一方でメロの身体は禁断症状によって震えていた。

殺せ、殺せ！

魂だ！　人間の魂！

今にも自我を失いそうなメロは必死に自分を抑制した。

ダメだ。壁の天辺には無数の兵隊が銃を構えている。それに敵はあれだけじゃないはずだ。

更には門まで二百メートル以上もある。下手をすれば門に辿り着く前に蜂《はち》の巣だ。

落ち着いて考えるんだ。メロは自分に強く言い聞かせて最善の策を考える。

およそ一分間の静寂。

その僅か一分間が最後の猶予であった。

突如遠くの方からプロペラの音が聞こえてきた。

ヘリである。しかしメロたちにはそれがヘリとは分からない。飛行機や戦闘機はしょっちゅう悪魔村の上空を飛んでいたが故知っているが、ヘリを見たのは生まれて初めてだった。

大型ヘリはメロたちが隠れている真上でホバリングし、霧状の液体を広範囲にわたって散布したのである。

メロは一瞬、毒薬で皆殺しにされると危機感を抱いたが、すぐにそれはないと確信した。

敵の目的は希少種、シンだ。殺すはずがない。

メロは空気を吸った瞬間、力を奪われ、眠気に襲われる。

サラたちはすでに地面に倒れていた。

ヘリが散布したのは麻酔薬であった。


ヘリが上空から去ると鉄の門が開き、迷彩色のバスが二台やってきた。

二台は森の手前で停車し、中から多くの兵隊が降りてくる。

「希少種を探せ！」

メロは朦朧とする意識の中で男の声を聞いた。

身体に一切の変化がない少年はたった一人である。

敵兵はシンを見つけると大声で、

「希少種を発見しました！」

と叫んだ。

「保護しろ！　車に運べ！」

敵兵は二人でシンの身体を持ち上げると慎重にバスに運んでいく。

メロの瞳から、シンが遠ざかっていく。

「シン……」

行ってしまう。シンが、行ってしまう。

メロはシンを救わなければならないと頭では分かっているが、どうしても身体に力が入らない。今にも意識が途切れそうなのだ。

待て、待ってくれ。

連れて行くな。

おいシン！　起きろ！　目を覚ませ！　覚ましてくれ……！

メロは心の中で叫ぶが、シンに想いは届かなかった。

敵兵はシンをバスに乗せるとすぐさまバスを発車させた。

シンを乗せたバスはやがて鉄の門をくぐり、メロの視界から消え去った。

メロは絶望した。

シン、俺は結局お前を助けてやることができなかった……。

シンを奪われ、気力をも失いかけるメロに追い打ちをかけるように、

「女子供も一旦車に運べ」

兵隊たちに命令する男の声が聞こえてきた。

シンの時とは違い、『保護』という言葉は使わなかった。

奴らはサラたちをどうするつもりだ。

村に戻すのか？　それとも……。

最悪の光景が頭を過ぎるが、やはりメロは何もできなかった。

敵兵たちがサラから赤子を奪い取り、サラと一緒にバスに運んでいく。記憶を失っている
ハルやココや子供たちも次々と運ばれた。

敵兵がサラたちを連れ去っていく光景をただ見つめることしかできないメロは、ふとある
ことに気がついた。

二人の敵兵が自分とザキに銃を向けていることを。

メロは逃げることすらできないが、それでも敵は魂を奪われるのを恐れている様子である。

メロは背を向けて、まだ青い魂が宿っているザキを抱きしめる。この動作が限界だった。

「死ね化け物！」

一人が叫んだ。

その時だ。

メロは死を覚悟したが、突然森に咆哮が響き渡った。

二人の敵兵が振り向いた時、すでに二人は内臓が飛び出ていた。

二人は血を吐き出し、同時に倒れる。

メロはぼんやりと振り返り、目の前に立つ人物を見上げた。

一人の悪魔が、敵兵の青い魂を貪り喰っている。

リュウだった。

「……リュウ」

メロが声を発すると、リュウの額に浮かぶ血管がピクリピクリと微動する。

リュウは険しい顔つきでゼーゼーと息を荒らげる。発達した筋肉も同時に上下する。

悪魔の姿であった。

魂を喰い満足したリュウは、

「やっと抜け出せたぜ」

と言った。

抜け出せた？

「キラの野郎！　俺を瓢箪の中に閉じ込めやがったのさ！」

メロは遠くに視線を向ける。微かであるが、キラが地面に倒れているのが分かった。

「ずっとお前たちと一緒にいたんだぜ。瓢箪の中でも意識はあるし、会話も聞こえてくるからずっとウズウズしてたぜ！」

メロはもう一度キラを見た。

キラの奴、何がリュウの姿は見ていない、だ。


人間界から隔絶されたようにひっそりと存在する悪魔村に、悪魔でもなければ、看守でもないキラがメロたちと長年暮らしていたのは、キラが『悪魔封印師《ふういんし》』だからであった。

キラの本名は『吉良浩助《きらこうすけ》』である。

メロたちは無論キラが封印師であることは知っているが、本名は知らない。

キラはこの世に生まれた瞬間から『悪魔封印師』になる運命であった。

それは、吉良一族が代々『悪魔封印師』だからである。

キラと同様、歴代の封印師が悪魔村で悪魔とともに生活し、数多くの悪魔を封印してきた。

封印師は、蓋のある容器にならどんな悪魔でも封印することが可能である。対象の悪魔に魔術をかけ、掃除機のように容器に吸い込むのだ。

封印師が魔術を使い悪魔を封印するのは、メロたちのように悪魔化する直前に村を脱走し、看守の手に負えなくなった時が主である。

しかしそれは滅多にない。こうして大事件にまで発展したのは数十年ぶりであり、それはキラが楽観的な性格で、その上封印師としての自覚があまりないからであった。

しかしそんなキラであるが、七歳という幼さで封印術を習得してしまったのだから恐ろしい。

吉良一族では男女関係なく、五歳になると、封印術を身につけるべく修業を始める。習得には最低十五年が必要とされており、中には一生封印師になれない者もいる。

しかし幸か不幸か、キラはたった二年で習得してしまった。自身は、自らのことを百年に一度の天才だと思っている。

だが実際、後にも先にもたった二年で封印術を習得したのはキラだけであり、事実、キラには十歳以上離れた兄が二人いるが未だ封印術は身につけてはいない。メロたちが育った悪魔村の他に四つの悪魔村が存在するが、現在はキラの叔父たちが封印師としての仕事をまっとうしている。

封印師と悪魔はこうして、封印する側と封印される側という対極の立場で長年共存してきた。

しかしそんな正反対の立場の彼らにも、唯一共通している部分があった。

それは、繁殖の強要である。

彼らも、国に強制的に子孫を作るよう命じられているのである。

キラは例外であるが、封印師として悪魔村で生活するのは約十年。

その後は人間界に戻って子孫繁栄につとめ、新たな『悪魔封印師』を作るのである。

悪魔が絶えぬ限り、封印師は子孫を絶やすことはできない。

それ故、彼らもある意味では不幸な人種なのである。

悪魔たちは封印師たちも不幸な運命とは知らず、エクソシストに近い存在である封印師を憎んでいる。恐れている。

しかしそんな封印師にも弱点はあった。

彼らはあくまで封印師であり、悪魔を『消滅』させる力はないのだ。

つまり、容器を開けたり、壊されたりしたら悪魔は復活する。それ故、封印後は容器を人知れぬ場所に保管する必要がある。

しかしキラは大事に保管する素振りは見せなかった。むしろ常に身に着けて弄び、リュウが中にいることを面白がったのだ。

メロたちが檻から脱走し、看守を襲撃した時、キラは胸をドキドキさせながらその様子を自分の部屋からそっと見ていた。

やがてメロたちは街を目指し、リュウはハルとサラを捜しに行った。

その間、キラは看守が生活する寮へ行き、看守の部屋にあった布の袋にありったけの食料を詰め込んだ。

そして、さあ合流しようかと気軽に森の中に入り、しばらくした頃だった。

メロたちのもとに戻るリュウと遭遇したのである。

キラを目の仇《かたき》にするリュウは獰猛《どうもう》な猪《いのしし》のような目でキラを睨んだ。

と同時に、急にリュウがキラの心臓に手を当て屈んだのである。

明らかに悪魔化する兆しであり、身の危険を感じたキラは、金の瓢箪の水入れにリュウを封印してしまった。

しかしさっき自ら封印を解いた。

メロたちが絶体絶命の危機に陥り、シンたちが連れ去られる光景を見て、キラは封印師の弱点を利用したのだ。

意識を失う寸前、らしくないなと思いながらも、瓢箪の水入れの蓋を開け、リュウを外へ放出した。魔法のランプのように。


嘘つき野郎。

メロは弱々しい声で言った。

でもお前のおかげでサラたちは助かるかもしれないよキラ。

メロは心の中でそう言って、目の前に立つリュウを見上げた。

リュウの鋭い視線がサラたちに向けられる。

バスの周りだけでも三十人近く敵がおり、気を失っているサラたちをバスに運んでいる。

「今助けてやるからなシン」

リュウはそう言って単身敵陣に突っ込んだ。

この時、サラと赤ん坊だけが座席に運ばれており、敵兵はまだハルやココや子供たちを運びきれていないが、一先ず地面に捨て、リュウに向かって銃を構える。

リュウは素早く方向を変え、敵の目を惑わす。

悪魔に怯える敵兵たちは闇雲に引き金を引く。

次の瞬間何かが引き裂かれたような音がし、気づいた時には敵兵の一人が血を噴き出し倒れていた。

首が裂けていた。

敵兵は再び銃を構えるが、身体は後ろに引いていた。背を向けて逃げ出す者もいた。

その刹那、逃走する兵隊の胸からバンと血が弾けた。

攻撃したのはリュウではない。銃弾である。

撃ったのは、壁の天辺でライフルを構える敵兵であった。撃たれた兵隊とリュウとの距離は離れていたのに、である。つまり、最初から逃げる味方の兵隊を撃ったということだ。

命令が飛ぶと、ライフル隊は逃げる仲間を狙って一斉に引き金を引いた。人間の心を失ったまさに悪魔であった。

リュウの壁になっていた敵兵が次々と銃弾によって倒れる。

リュウとライフル隊に挟まれた残りの兵隊は逃げることもできず慌てふためくが、撃たれるよりもリュウにやられた方がいいと判断したのか、それとも裏切られても尚リュウを撃つ意思があったのか、はたまたただのやけくそだったのか、全員がリュウに突っ込んだ。

リュウは一瞬で残りの敵兵を倒し、一旦バスの陰に隠れた。

朦朧とする意識の中、リュウの姿を見守っていたメロは一先ず安堵する。

しかしここからどうする。どう敵に立ち向かう。壁の天辺でライフルを構えている敵だけでも百以上はいる。リュウといえど、敵兵を全滅させるのは無理だ。

リュウの視線が、ハルに向けられた。

その僅か数秒後であった。

リュウが見せた一瞬の油断。

静寂の空に、銃声が響いた。

心臓が破裂したように、リュウの胸から大量の血が飛び散る。

撃ったのは、バスの中にいた敵兵であった。

サラと赤子を座席に運んだ二人の敵兵が、バスの中に隠れていたのである。一人は腰を抜かしたただ怯えていたが、もう一人はずっと機会を窺っていたのだった。

リュウを撃った敵兵は取り憑かれたように夢中になって、リュウの身体に何発も銃弾を撃ち込んでいく。

弾が切れたことに気づくと我に返り、血まみれになりながらも未だ直立しているリュウに悲鳴を上げ、鉄の門に走り去った。

ザキと同じように、リュウが少年のリュウに戻っていく。

それでも尚リュウは苦しみに耐えていたが、プツリと糸が切れたように片膝が落ち、ハルに手を伸ばしながら崩れ落ちた。

狭い視界の中でリュウを見つめていたメロは、リュウと同じように心臓を撃ち抜かれたような想いであった。

「どうして……」

みんな死んでゆく。

いなくなってゆく。

「………」

メロは弱々しい呼吸を繰り返しながらザキの青い魂を見た。

ザキはまだ死んではいない。しかし先よりもずっと魂が小さくなっている。

「リュウ、ザキ、シン」

メロの瞳から一筋の涙がこぼれた。

しかし次の瞬間にはもう悲しみは消えていた。

メロは力ない動作で、ザキの魂を抜き取り、何の躊躇《ちゅうちょ》もなく魂を丸呑みした。

メロの意思ではない。渇きに苦しむ悪魔がザキを喰ったのである。

喰った瞬間バキバキバキと全身の骨が音を立てメロは更に長大な体軀《たいく》となる。

同時に麻酔薬の効果も弱まり、メロはゆっくりと立ち上がった。しかしまだおぼつかない足取りである。

悪魔の渇きが満ちた瞬間、今度はメロに怒りが芽生えた。

ぼやける視界の中、血まみれになって倒れているリュウを見つめる。

メラメラと激しい炎が燃えたぎる。同時に身体の底から沸々と力が漲《みなぎ》り、膜を突き破ったかの如くメロは咆哮を放った。

森から姿を現すと敵兵は大騒ぎとなった。

メロはバスの前で倒れているリュウの身体を抱き上げる。バスに銃弾が撃ち込まれ、バリバリとガラスが弾け飛ぶ。

「リュウ」

そっと呼びかけた。

リュウの青い魂はまだ消えてはおらず、うっすらと目を開けると、

「ハルを」

今にも消え入りそうな声で言った。

メロが頷くと、

「喰え、俺も喰え。そして奴らに復讐を」

最後の言葉だった。リュウは最後の使命をメロに託すと意識を失った。

メロはリュウをぐっと抱き寄せると、リュウの心臓に宿る青い魂を抜き取った。

、、、、

自分の意思で仲間の魂を喰うのはこれが初めてであった。

バキリ、バキリ。

身体が巨大化していく。

まだだ。まだまだ。

メロは自分を捨ててもいい覚悟で、地面に倒れている敵兵の魂も喰っていく。

メロの身体はみるみるデカくなり、倒れている敵全ての魂を喰い終えた時、五十メートルもの巨大な身体となっていた。

一足踏む度地面が揺れ、一息吐く度、風が起こる。

壁の天辺でライフルを構える敵兵は一斉に銃を放つ。

メロの身体に何十発もの銃弾が撃ち込まれ、滝のような血が流れるが、メロは倒れなかった。

重い身体を走らせ門の方に突っ込む。メロは丸太のような強大な足で鉄の門を突き破り、同時に壁も一気にぶち壊した。

何十人もの敵兵が雪崩《なだ》れ落ちていく。

メロはその落ちた敵兵をゴミのように次々と拾い上げ、魂を抜き取り丸呑みしていく。

やがて門の裏側から何百もの兵隊が現れ、更に巨大化していくメロに銃を放つ。

しかしメロの身体にはもう、小さな鉛の弾など効かなくなっていた。痒《かゆ》い程度である。

メロは兵隊たちに身体を向けると容赦なく踏み潰す。

メロは両手を一杯に広げ咆哮を放った。

この時、メロはもうメロではなくなっていた。仲間のことも、サラを愛していたことすらも、忘れてしまっている。メロは巨大になればなるほど身体が渇き、しかし喰えば喰うほど身体は巨大となり、更に激しい飢渇が襲ってくるのだった。

メロが死なない限り、この連鎖は止まりそうになかった。

到底人間の手には負えず、戦意喪失した兵隊たちは蜘蛛の子を散らしたように逃げていく。

しかしメロは何人《なんぴと》たりとも逃がさなかった。

敵兵を次々と踏み潰し、巨大な手で何人もの敵兵をすくい上げると魂を貪り喰う。最後の方は身体ごと呑み込んでいた。

しかし満足せず、飢渇に苦しむメロは、声帯が千切れるほどの咆哮を放ち、子供のように地団駄を踏んだ。

キラは夢の中でメロの咆哮を聞いた。

不思議とすぐにそれがメロの声だと分かったのは、メロが自分を呼んでいるような気がしたからである。

キラは激しい地響きと揺れによって目を覚ました。しかしまだ麻酔薬の影響で意識は朦朧としており、この先から聞こえてくる咆哮と地面の揺れは果たして現実なのか夢なのか、キラははっきりしないまま立ち上がった。

木を伝いながらフラフラと森を抜け、前方に広がる光景を見たキラは仰天した。

超巨大化したメロが暴れている。厚い鉄の門はひん曲がり、街を囲む壁も派手に破壊されている。

どこを見渡しても敵兵はおらず、新たな部隊がやってくる気配もない。

メロの足元には無数の死体が転がっており、メロを見ていると人間の死体が蟻《あり》の死体に見えた。

とても現実とは思えない悪夢のような光景であるが、キラは胸がドキドキした。

「まさかこんなになっちまうなんて、すっげえぜメロ」

ぼんやりする意識とは裏腹に興奮交じりの声で言った。

人間の魂を求めて街に姿を現したら、人間たちは大パニックになるだろうなあと思った。

「そりゃみんな逃げるわな。無理だわこれは」

キラは無数の死体を見て鼻で笑うが、バスの傍で倒れているリュウを見つけると笑みは消え、思い出したように、森の中で倒れているザキを振り返る。

「そうか、リュウもザキも死んだか」

キラに仲間意識はないが、この時の声は悲しげだった。

次いでキラはシンを案じた。

バスに運ばれていくまでは憶《おぼ》えているが、そこから先は分からない。

国はとうとう念願の希少種を手に入れたんだな、と思った。

国に対して恨みはないが、何だかこの時は癪《しゃく》に感じた。

シンは決して殺されることはないが、また自由を奪われ、死ぬまで利用され続ける。

あくまで現段階であるが、本当の意味で生き残っているのはココや子供たち。皆奇跡的に無傷で、呼吸をしているのが分かる。

あれ、とキラはあることに気がついた。

サラと赤ん坊の姿がない。

キラは一瞬ドキリとするが、すぐにサラの姿を発見した。

微かであるが、バスの座席で眠っているのが見える。赤ん坊の姿が見えないが隣にいるはずだ。

そのサラたちに、メロが気がついた。

真っ赤な目で、サラたちを見据えている。青い魂を見ているに違いなかった。

「おっと、サラたちを喰っちゃ意味ねえだろメロ」

本当は街で大暴れしてほしかったが、キラはここで終止符を打つことにした。

「約束だからな」

キラは腰にさげている五つの瓢箪に視線を落とし、適当に一つを手に取ると腰から外して蓋を取った。

金の瓢箪を地面に置いたキラはぼんやりとしながらも両手で△を作り、身体をふらつかせながら口元で『悪魔封印』の呪文《じゅもん》を小さく唱えると指先に神経を集中させ、一気に気を放つように両手をメロの方に伸ばした。

その瞬間、金縛りの術をかけられたかの如くメロの動きが止まった。

身動きの取れないメロは狂ったように咆哮を上げる。

メロの動きを封じたキラはメロをゆっくりと手繰《たぐ》り寄せた。

メロは踏ん張ろうとするがキラの力には抗えず、じりじりと吸い寄せられる。

その時、ほんの一瞬メロの抵抗力が弱まった。

それをキラは逃さなかった。

今だ、とキラは両腕を力強く引き、波動を放つように両手を瓢箪の口に向かって伸ばした。

その瞬間、メロの巨大な身体がまるで気体化したように瓢箪に吸い込まれていく。メロは苦しみ叫び、最後は断末魔のような声を上げ荒野から姿を消した。

メロを瓢箪の中に封印したキラは急いで蓋を閉めた。これで完了である。

「大人しく入ってろ」

力を使い果たしたキラは疲れ切った声でメロに言い、ドッと息を吐き出すとその場に尻餅をついた。

安心した瞬間、また麻酔薬が効いてきたみたいに瞼が重くなり、キラは座ったまま眠りに落ちた。

キラは夢の中で、ああ今のはやっぱり夢なんだなと思った。

エピローグ

メロたちの決死の脱走劇から三年の歳月が流れた。

悪魔村の存在すら知らない人間たちは悪魔が脱走するという大事件があったことなど知る由もなく、相変わらず平和な日々を送っている。

しかし佐賀県城内町ではここ最近ある噂が広がり始めた。

それは、お年寄りが突然『記憶喪失』になるというものであった。

不可解な出来事に城内町の住民は不安な日々を送っているが、そんな噂が広がり始めたことなど知らないサラは、この日も城内町に行こうと考えている。

サラは現在、城内町から十キロ程離れた太良町という港町で暮らしている。

小さな小さな民家である。

この日もいつもの平和な朝であった。

六畳の和室がサラたちの部屋であり、ちょうど八時に目覚めたサラは、隣に敷いてある布団にハルの姿がないことを知ると慌てて起き上がった。

隣の台所から包丁の音が聞こえる。その心地よい音に運ばれてきたように、お味噌汁のいい香りがしてきた。

立て付けの悪い襖《ふすま》を開けると、サラは、朝ご飯を作るツヤに、

「お婆ちゃんおはよう」

と言った。

今年で八十になるツヤは右足が悪く、右足を庇いながらサラを振り返り、

「おはよう」

笑顔で言った。

「まだ寝てていいんだよ」

ツヤの右隣には今年八歳になるハルが立っている。

サラはハルを気にして、

「大丈夫」

顔を引きつらせながら言った。

ツヤの手伝いをするハルは、

「サラ姉ちゃん、全くいつまで寝てるんだよ。ちゃんとお婆ちゃんの手伝いしなきゃいけな

いじゃないか」

九歳も年上のサラを叱った。

また始まった、とサラは思う。これだから毎日ゆっくり寝ていられないのだ。

「お婆ちゃんは足が悪いんだよ？　もっと手伝ってよね。僕の方がお利口だよ。たくさん料理作れるし、掃除も洗濯もできるし。全くどっちが女か分からないよ」

説教が終わるとハルはてきぱきと野菜を洗い始めた。

生意気な奴、とサラは思いながらも、心はホッとしていた。ハルは昔の記憶を失っているが、このままでいいんだとサラは自分に言い聞かせる。ハルは今こんなにも幸せそうなんだから。ただ優等生で真面目な姿に調子が狂うが……。

唯一変わらないのは、関節を鳴らす癖である。リュウに教えてもらったことは忘れているが、身体は憶えている。

また鳴らした。首をグルリと回して、勢いよくポキポキと。首だけでは満足できないというように、手の指もバリバリと鳴らしたのだった。

これでいいんだ。サラはもう一度自分に言った。

しかし一方ではハルに対して不安がある。恐れがある。

ハルはすっかり人間の世界に馴染《なじ》み、一見普通の子供であるが、あくまでハルの身体には悪魔の血が流れているのだ。

男子は生命力が弱く、殆どの子供が十歳までに死亡する。

考えたくはないが、ハルと一緒にいられるのもあと僅かだと思う。

サラは心がギュッと締め付けられた。

ハルを失いたくない。死なせたくない。もっともっと一緒にいたい。四人で幸せに暮らしていきたい。

でも、十歳以上生きれば『悪魔』になってしまう。

悪魔になってしまったら……。

サラは、自分の命よりも大切な娘の姿を思い浮かべた。

サラは大切な命を守るため、もし万が一ハルがそうなった時は、この手でハルを殺そうと思う。

辛いことだが、それが自分の責任だから。

「サラ姉ちゃん！」

ハルが野菜を洗いながら言った。

「いつまでボーッと突っ立ってんの？　早くみんなのご飯をよそって」

「はいはい分かったよ」

サラは憎たらしいハルに向かってイィーとやって、しゃもじと茶碗を手に取った。

「ハルちゃん、お姉ちゃんはアルバイトで疲れているんだからお手伝いしなくてもいいんだよ」

ツヤがサラを気遣って言った。

サラは現在近くにある小さなスーパーでアルバイトをしている。『山田サラ』として。山田ツヤの親戚と偽って。

生きていくにはお金が必要と知ったサラは、家族のために働きたいとツヤに相談し、十五の頃から十六歳と偽ってスーパーで働いている。最初は何も分からなくて苦労したが、今は慣れて何とかやっている。

経営者が何も疑わなかったのはツヤと経営者が長年昵懇《じっこん》の間柄だからであった。それ故経営者は勿論、他の従業員にもよくしてもらっている。

ただし時給が安く、月に十万円も稼げないが、年金暮らしのツヤは助かると言ってくれている。ツヤに恩返しをしたいと常に思っているサラはそう言われる度に嬉しい気持ちになるのだった。

茶碗にご飯をよそっていると、パジャマ姿の『ハナ』が目を擦りながら台所にやってきた。寝癖に目脂《めやに》に鼻水。おまけにズボンもずり下がっている。女の子らしからぬ姿だが、サラはそのあたり全く気にならない。

「ママ」

ハナがサラの足に抱きついた。サラは小さなハナを抱っこして、

「起きたの？」

と聞いた。ハナは可愛らしく頷いた。

「おはよう」

「うん、おはよう」

サラはハルに言われたことも忘れて、愛する娘をじっと見つめた。生きている、という実感を抱くとともに、サラは朝ご飯の支度をするツヤの後ろ姿に、ありがとう、と小さく言った。

こうしてハナが元気よく生きているのはツヤのおかげだ。あの時ツヤが助けてくれたから、自分たちには今がある。もしハナが死んでいたら、自分はどうなっていたか分からない。

ツヤは命の恩人だ。

ハナにもそれは毎日言い聞かせている。

ツヤが命名者であることもだ。

ツヤに助けられた時、ハナはまだ名前がなかった。正直名前どころではなかったから。

それを伝えると、一緒になって考えてくれた。まるで本当の孫のように。

この家でお世話になり始めてから一週間が経った頃、ツヤが言ったのだ。

この子は笑うとお花みたいに可愛いから、『ハナ』という名前はどうかしら。

それだけじゃないわよ。将来、花のように可憐で美しい心を持った女性に育ってほしいという意味も込めてね……。

ツヤは花が大好きで、サラたちがやってきた頃、小さな庭にはスイセンの花がいっぱい咲いていた。ツヤは絵を描くのも大好きで、花の絵を描いていたらハナの顔と重なったらしい。

サラも気に入って、赤ん坊にハナと名付けた。ハナ自身も、『山田ハナ』という名前が大好きだと言っている。テレビを観ているとたまに似た名前の女性お笑い芸人が出てくるのだが、ハナは知ってか知らずかその芸人が出ると異常に喜ぶ。

サラは、テレビを観て喜ぶハナを見る度、——いやその時だけじゃない。毎日の暮らしがそうだ——この子が何も知らないまま成長できたことが心底幸せだと思うのだ。

三年前のあの日、目が覚めるとバスの中にいて、視線の先には現実とは思えぬ光景が広がっていた。

一瞬、この世界が終わったのではないかと思ったくらい凄まじい有様で、また不気味なくらい静かだった。

サラはそれよりも自分が我が子を抱いていないことに一瞬ヒヤリとしたが、隣でスヤスヤと眠る赤ん坊を見て安堵した。

運転席の傍の通路には迷彩服を着た男が座っていて、というよりも腰を抜かしていたといった方が正しい。男は目をひん剝いて、瞬《まばた》き一つせず、ひいひいと過呼吸に陥っていた。

見る限り、意識があるのはその男だけだった。辺り一面無数の死体が転がっており、その中に紛れてハルやココや子供たちの姿があった。皆無傷で、意識はないが呼吸はしていた。

バスから少し離れたところにはキラが座ったまま眠っており、更に奥にはザキが倒れていた。死んでいるとすぐに分かった。

やがてリュウの死体も発見した。

ずっと姿を消していたリュウがどうしてこの場にいて、しかも殺されているのかサラには理解できず、ただただ動揺したが、考えられるのは、自分たちの意識がなくなった直後に助けにきてくれた、ということくらいだった。

まさか、最初からずっと『傍』にいたなんてサラには思いもよらなかった。

あとは、メロとシンである。

しかしいくら探しても二人の姿はなかった。

サラは視線の先に広がる凄まじい景色を見て、一つの光景を思い浮かべた。

無数の死体。地面にいくつもある大きな……足跡？

更にはあんな頑丈な鉄の門や巨大な壁を、人間が破壊できるはずがない。

メロなんじゃないか。

サラはメロの行方《ゆくえ》が気になったが、ふと地面に座ったまま眠るキラを見た。腰にいくつも瓢箪が吊《つる》されているが、一つだけ地面に転がっている。

まさか、と思った。

一方でサラはシンに罪悪感を抱いていた。

シンは敵兵に連れて行かれたのだとすぐに理解した。

希少種と間違われて……。

サラは赤ん坊を抱いたままバスから降りると、ハルやココや子供たちを起こして回った。

しかし誰も目を覚ますことはなく、サラは焦る一方であった。こうしている間にも新たな敵兵がこちらに向かっているような気がしてならなかったのだ。

サラは仲間を見捨てる決意をした。

ただハルに関しては責任がある。ハルだけは連れて行くことにした。

その前にサラはココに歩み寄り、ココの頭に手を置くと、脳の中にあるファイルを探った。まるでハードディスクのように『ハル』『アンリ』『リーザ』『ココ』の記憶が喰った順に保存されており、昨晩奪ったココの記憶を、ココの脳に戻した。それがココへのせめてもの罪滅ぼしであった。

しかしサラはハルに記憶を戻すことはしなかった。

ハルの場合、記憶を戻したって辛い現実ばかりだ。

知らない方がいいということだってある。

記憶を戻すよりは、真っ新《まさら》な状態で新たな人生を送った方がいいとサラは判断したのだ。

サラは覚悟していたが、ココに記憶を戻した瞬間、やはり飢えが襲ってきた。

だが慌てることはなかった。

生きていて、尚かつ記憶を喰っても平気な人物が一人いる。

サラは左手で心臓を押さえ、肩で息をしながらバスの中にいる男のもとに行き、放心状態の男の頭を見た。

青色の魂とは違い、頭の中に宿るのは怪しげな黒い光である。

サラは黒い光に手を伸ばした。

この男の記憶が喰えると分かっていたからココに記憶を戻すことができたのである。

サラが頭に右手を乗せた瞬間、男の脳から男の記憶が映画フィルムのようなものに映し出されて次々と浮かび上がり、サラは口を開けると記憶を吸い込むようにして喰っていった。男の記憶によって心も身体も満たされたサラであるが、勿論記憶を喰ったままにはしておかなかった。男を生かしておけば記憶が喰われていることにいずれ気づかれる。そうなれば、シンが希少種でないことが分かってしまう。

サラは恐ろしく冷静だった。

男の腰から銃を抜き取ると、ぼんやりと遠くの方を眺める男に銃口を向け、一切の躊躇いもなく男の脳天をぶち抜いたのである。

男を始末したサラは銃を腰にしまうと再びハルのもとへ行き、ハルを肩に担ぐとココたちを置いたまま街に向かった。

あの時、サラは自分のことを心底冷酷な人間、いや悪魔だと思った。

できることならココや子供たちも連れて行きたかった。特に子供たちは、長年同じ屋根の下で暮らしてきた家族なのだから。

でも仕方なかったのだ。全員を担ぐことなんて無理だったし、全員の意識が戻るまであの場にいたら、新たな敵がやってきて捕まっていたかもしれないのだ。

サラはどんな犠牲を払ってでも、たとえ自分の命を擲《なげう》ってでも、我が子を守ると決めたのだ。

だからといって、皆を忘れた訳ではない。

今だって、ココやコナたちの身を案じている。


高熱で溶かされたようにぐにゃりとひん曲がった鉄の門をくぐると、一直線の道路が続いていた。辺りは殺風景であるが、ずっと遠くを見ると青い標識が見え、その辺りから建物がちらほらと建っている。

サラは赤ん坊とハルを抱えながら無人の道路を進んだ。

しばらく歩くと検問所に差し掛かったのだが、一本のバーが通行を妨げているだけで敵兵は誰一人いなかった。

検問所を簡単に通過したサラはひたすら真っ直ぐ歩き、何とか誰にも気づかれぬうちに民家の建ち並ぶ場所に辿り着いた。

周りは畑や農場ばかりで、悪魔村と同じような景色であった。

家はあるのに、どこにも人がいない。車も走っていない。

想像していた街と大きくかけ離れていることにサラは絶望感を抱くが、一度も立ち止まらずひたすら歩いた。

立ち止まるのが怖かった。道を歩いているのは自分ただ一人だ。敵兵がやってきたら捕まるという恐怖感でいっぱいだった。

事実、それからしばらく経った頃、遠くの方から轟音《ごうおん》が響いてきて、上空を見上げると戦闘機が隊列を組んでやってきた。悪魔を始末しにやってきたのはすぐに理解できた。

やがて頭上を通過していったが、サラは自分が気づかれたのではないかと気が気ではなかった。重いハルを強引に起こし、引きずるようにして逃げた。

あの時、自分でもどれくらいの距離を逃げたのか分からない。

とにかく三日間逃げ続けたのは確かだ。

段々人家が増えてきて、それにつれて人や車の数も増え、やがて駅が見えてきた。

当時はそれが『駅』であることすら分からなかったが、駅に辿り着いた時は心底ホッとした。

周りにはコンビニやファミリーレストランや商業ビル等がたくさんあって、無論初めて見る光景であり、まるで別の世界にやってきたみたいで困惑したが、『街』に着いたことだけは認識できたから。

それでもまだ不安と恐怖心が残っていたサラは宛《あ》てもなく歩いた。

赤ん坊にお乳をあげながら。お店で盗んだ食料をハルに与えながら。そして、罪もない見知らぬ人間の記憶を喰いながら……。

気づけばサラたちは太良町にいた。

ようやく気持ちが落ち着いた頃であり、ちょうど公園に差し掛かった時、ハルが疲れたと言い出したのでベンチに座って休憩を取った。

それからすぐのことだった。

突然赤ん坊が泣き出したのだ。

お乳が欲しいのだろうかと思ってお乳をあげたが泣き止まず、ウンチだろうかと思いお尻を見たがそうではなかった。

ただ機嫌が悪いだけだろうかと思ってあやしたがそれでも泣き止んではくれなかった。

やがて追い打ちをかけるように雨も降り出し、最悪な状況であった。

初めての経験にただただ動揺していると、突然女性に声をかけられた。

それがツヤだった。

当時は今ほど足が悪くなく、後に分かったことだが、近くの商店に調味料を買いに行く途中だったそうだ。

サラは人間界に住む人間に警戒心を抱いていたが、当時はそんなことを言っている場合ではなく、赤ん坊がどうしても泣き止んでくれないと話したのだ。

するとツヤはすぐに赤ん坊の額に手をあて、やっぱり熱があると言った。

サラはそこで初めて赤子に熱があることに気がついたのだった。

お家はどこ？　お母さんは？　それにしても見ない顔ね。かかりつけの病院くらいは分かるかい？

矢継ぎ早に聞かれ、自分が母親だと言うとツヤは仰天した。

何歳か聞かれ、今年十五歳になると答えるとツヤはまた愕然とし、なら保険証は？　母子手帳は？　と尋ねてきた。

サラは聞いたことのない言葉に困惑し、首を振ると、自分たちには家がないと答えた。

するとツヤは何かを察したようにただ頷くと、おいでと言ってサラの手を引いたのだ。

ツヤに連れて行かれたのは近くの小児科だった。

安心しな、ここの先生とは知り合いだからね。

ツヤはサラにそう言って、受付で看護師に症状を伝えてくれた。

しばらくして医者に呼ばれ、サラはとてつもない不安を抱きながら病室へと行き、赤ん坊を診てもらった。

しかしサラとは対照的に医者はフフフと笑い、ただの熱だから大丈夫、薬を出しておきましょうと言って、すぐに帰された。

もっとちゃんと診てほしいと訴えたが、医者は大丈夫と言ってまた笑ったのだ。

サラは赤ん坊が死ぬんじゃないかと気が気ではなかったが、結果的にはただの熱だったのだ。

病院を出てもサラはツヤにありがとうの一言も言わなかった。

なのにツヤは、落ち着くまで私の家にいなさい、どうせ家出してきたんでしょう、と言った。

サラは行く宛てもなかったし、何よりも赤ん坊が心配だったので、ツヤの家に行くことにしたのだ。

小さな小さな民家だった。

家に着くとタオルを出してくれて、髪が乾いた頃お茶とお菓子を出してくれた。でもサラはツヤにお礼を言わなかった。どうして見ず知らずの自分たちにこんなにも優しくするのだろうという想いの方が強かったからだ。

でも、今でもお菓子とお茶の優しい味はしっかり憶えている。

赤ん坊に薬を飲ませてしばらく経つと赤ん坊の様子が少し落ち着いて、サラがホッとした頃だった。

ツヤが赤子の頭を撫でながら言った。

十年前にお父さんが死んで、それ以来ずっと一人で暮らしているのよ、と。

あの時、ツヤの言った『お父さん』が夫であるということがサラには分からなかった。

サラは黙ったままだったが、それでもいいというようにその後もツヤは色々な話をサラに聞かせた。

お父さんは昔役場に勤めていて、私はここで小さい子供たちに勉強を教えていたのよ。

定年後は一緒に畑をやったり、近くの海で釣りをしたりしてねえ。

息子が一人いるんだけれど、今は東京で家族と暮らしていてなかなか帰ってこなくてねえ。

私は花が大好きでね、庭にたくさんの花を植えてるのよ。ほら、壁に花の絵がたくさん飾ってあるだろう？　これ全部私が描いたんだよ。

ツヤは話し相手ができたことがとても嬉しそうだった。

夜になるとご飯を作ってくれて、お風呂も沸かしてくれた。ハルと一緒に風呂に入り、風呂から出ると当たり前のように布団が敷いてあった。

それでもサラはありがとうの一言も言わず、ツヤの家で一夜を明かしたのだった。

朝起きると朝食ができていて、一緒に食べ始めるや否やツヤはまた楽しそうに昔の話をするのだった。

ツヤの話を聞いているうちにサラは一つの疑問を抱いた。

どうして自分のことは一切聞いてこないんだろう、と。

聞いてはいけないとでも思っているんだろうか？　もっとも聞かれても困るのだが。

でも、全く知らない人間を家に泊めたりして怖くないんだろうか。どうして見ず知らずの自分たちにこんなに優しくできるんだろう。

逆に怪しいが、何かを企んでいるようにも思えなかった。家族が増えたみたいに、心底楽しそうにしているのだ。

人間界に住む人間って、こんなにも優しいんだ……。

その日も何だかんだと結局ツヤにお世話になってしまったのだが、ツヤの笑顔を見ているうちに、サラは自分のことを話してみようかという気持ちになり、不穏な空気になれば記憶を喰ってしまえばいいという想いで、悪魔村の存在から太良町にやってきた経緯まで全てを話してみた。

ただし、実は自分も『悪魔』であるということだけは話さなかった。

人間界で八十年近く暮らしてきたツヤだから、到底信じられないだろうとサラは思っていた。

しかしサラの予想とは裏腹に、ツヤは驚きはしたが疑うことはせず、サラの話を全て信じ、可哀想だと言って涙を流したのである。

サラはツヤの反応が意外であったが、もっと意外なことに、ツヤは帰る所がないのならずっとここで暮らせばいいと言ったのである。

その瞬間胸がじんと熱くなったのを今でも憶えている。

悪魔の血が流れていると知ったにもかかわらず、更には脱走犯であると承知しているにもかかわらず、一緒に暮らそうだなんて……。

サラは信じられない想いであったが、ツヤの偽りのない優しい表情を見て、ツヤは本気でそう言ってくれているのだと感じ、その時初めてツヤに、ありがとう、と言ったのである。

こうしてサラたちはツヤと一緒に生活することになり、毎日少しずつであるが、人間界で生きていくために必要な知識をツヤから学んでいき、人間界での生活に馴染んでいったのである。

無論、子供の育て方を教えてくれたのもツヤである。ツヤと出会って初めて、知識がなければ子供を死なせてしまうことを知った。

本当にツヤは命の恩人だ。

サラはツヤに感謝してもしきれない想いである。

だからこそ、罪悪感を抱いている。

ツヤに一つ嘘をついているから。

ツヤは依然、サラが悪魔だとは全く思っていないようだ。当然である。

『女が悪魔になることは有り得ない』

ツヤにはそう伝えており、事実そうである。

もっとも仮にサラが記憶を喰う悪魔だと知ってもツヤは何も変わらないと思う。

それでもサラは話せない。話す時が来ることもないだろう。

ずっと嘘をつき続けるのは辛いけれど、これだけは知らない方がいい。


山田家の朝は和食と決まっており、おかずは大抵目玉焼きに、ツヤが作った胡麻豆腐。あとサラダも定番だ。裏の畑で採ってきた野菜である。

付け合わせはハルのその日の気分で決まる。今朝は焼きウインナーにハムだ。ついでと言わんばかりに冷蔵庫から納豆も出てきた。

朝からたっぷりで、サラは三年経った今でも悪魔村での食事を思い出してしまう。悪魔村でも白飯を食べさせてもらえていたが、おかずは朝、昼、晩、殆どが家畜の肉だった。たまに卵を食べていたが、味噌汁なんて一度も食べたことがなかったし、そもそも一度にこんな量を与えられたことがなかった。

だから最初の頃は朝食だけで驚いていた。

でもツヤは当たり前のように、朝食をたくさん食べると長生きができるんだよと言ったのだ。

配膳はサラの仕事だ。ハルが勝手に決めたのだが、サラは文句を言わずにやっている。

食事は必ず四人が揃ってから食べるというのが山田家の約束であり、場所は台所から僅か一歩の所にある小さなテーブルだ。

所狭しと朝食が並べられていく。

全員の分が揃うと四人は椅子に座り、手を合わせて、いただきます、と声を揃えて言った。

サラは、最初の頃は食べる前に手を合わせるのが不思議で、尚かつ面倒臭かったが、今では当たり前だ。ツヤの教えどおり、神様に感謝している。ただ、サラはいくらご飯を食べても満足しない身体になっているのだが……。

ご飯を食べていると、ポキポキと関節を鳴らす音が聞こえた。

聞き慣れた音にサラはいちいち反応しないが、ツヤがハルに注意した。

「ハルちゃん、その癖止めた方がいいよ。首悪くしちゃうよ」

ハルはご飯を食べながら、

「これくらい大丈夫だよ」

と言った。

関節鳴らしだけはどうしても止めないハルに対しツヤが、

「鳴らし過ぎるとお婆ちゃんみたいに身体中が痛くなっちゃうんだよ」

と脅した。しかしハルには通用しなかった。

ツヤの目も見ず、

「僕は大丈夫」

知ったような口調で言ったのである。

ツヤは生意気なハルを見ながら、困った子だねえというように笑った。

「ところで二人とも、今日は何の勉強をしようかねえ」

ツヤが楽しそうに言った。

サラたちには当然戸籍がない。それ故住民票も、健康保険もない。

家庭裁判所に行けば、『捨て子』として戸籍を作成することが可能だ、とツヤが教えてくれたが、サラはそれを拒否した。

自分たちは脱走犯だから、と。

今だって政府の連中が捜している可能性は十分にある。戸籍を作れば、身元不明者の情報が政府に伝わることも考えられる。

サラはできるだけ、目立った動きは避けたかった。

それ故学校にも行っていない。もっとも行くことすらできないのだが。

だからツヤがいつも先生になって授業をしてくれている。

昔この家で塾を開いていたツヤは勉強を教える際、とても生き生きとしていて楽しそうだ。

まるで昔の続きのように。

一日の予定を考えるのがツヤの楽しみの一つとなっており、

「まずは算数をしようか」

明るい声色で言った。

「うん、いいよ」

ハルが言った。

しかし、サラから返事はない。

「サラ？」

「…………」

「どうしたの？」

「…………」

「サラ？」

三度目でやっとサラは反応し、

「私は、ご飯を食べたらちょっと城内町に行ってくる」

低い声で言った。

「また城内町かい？　いつも何しに行ってるんだい？」

「買い物が、楽しくて」

前は三つの町を順番に回っていたが、最近は城内町ばかりだ。理由は一番近くて手っ取り早いから。

「そうかい、じゃあ早く帰ってくるんだよ」

残念そうにしているツヤを見て、サラは笑顔を作って言った。

「うん、帰ったら勉強教えて」

「ねえねえお婆ちゃん」

ハナがツヤに声をかけた。

「なんだいハナちゃん」

「私はお姫様ごっこしたい」

ツヤは満面の笑みで、

「ああ、いいよいいよ。お婆ちゃんと遊ぼうね」

「わーい、わーい」

サラは心の中で、お婆ちゃんありがとうと言った。

「そうだママ」

「うん？」

「今日ね、不思議な夢を見たよ」

「不思議な夢？」

「大きな大きな男の人に、抱っこされる夢」

サラの表情が一瞬停止した。

メロの姿が脳裏を過ぎる。

ツヤには勿論メロのことも話しており、ツヤも何かを感じ取ったようにサラを見た。

「男の人の顔は人間なのに、身体はこーんなに大きいの。でね、その隣にママがいたんだよ」

「ママ、が……」

「ねえ、あれだあれ？」

サラは動揺を隠せなかった。

メロが最後にハナを抱っこした時、ハナはまだ生まれたばかりの赤ん坊だったのだ。

なのにどうして……。

夢で見たのはあの時の記憶？

それとも、ただの偶然？

いずれにせよ、ハナが見た夢はハナの将来に何らかの影響を及ぼすのではないかとサラは過剰な不安に陥った。

それは、身体が渇き始めていて精神が不安定だったせいもあるかもしれない。

「もしかしたら、ハナのお父さんかなあ」

サラの心情など知る由もないハナが、期待を込めて言った。

最近、ハナは父親のことについてよく聞いてくるようになった。

父親は事故で死んだと教えているのだが……。

「ねえねえママ、お父さんだよね」

ハナがサラを更に追い詰めていく。

やっぱりあの時の記憶かもしれない。

ならば、森の中での出来事等も実は脳に残っている？

サラはハナの方を向いてはいるが、その目にはハナの姿は映っていなかった。

いっそハナの記憶を消してしまった方が……。

一瞬、そう思ってしまった。

勿論そんなことは許されないし、するつもりもない。

たとえ一部分だけ記憶を喰うことができるとしても、ハナの脳に残るメロや、実は記憶に存在しているかもしれないシンたちを消してはならないと思う。

メロたちの存在までも、否定してしまうような気がするから。

「ねえ、あれお父さんかなあ?」

もう一度聞いてきたハナにサラはううんと首を振り、

「その人はママの大親友だよ」

と答えた。

ふうん。

ハナは親友という言葉には全く興味を示さず、サラが想像していた以上に残念がったのだった。

サラは『あの日』以来ずっとある想いを抱いている。

まさか、自分が『希少種』だったなんて……と。

あの日とは、自身の身体が悪魔化した日である。

自覚したのはメロたちが檻から脱出した真夜中。六人が看守を襲撃しにやってくる少し前のことだった。

あの晩、サラとハルは村を勝手に抜け出した罰として家畜小屋に入れられており、メロたちが連れて行かれてから五日が経っても尚、ハルは母親と兄を失ったショックから立ち直れず、一日中泣いていた。

そんなハルに困り果てていた頃だった。

一瞬心臓が熱くなり、ハルの頭を見ると黒い怪しげな光が宿っていたのだ。

その瞬間から潜在意識が目覚め、自分が『記憶を喰う悪魔』であることが分かった。

信じられない想いを抱きながらも、サラは泣きじゃくるハルの頭に手を伸ばし、ハルの記憶を喰った。

その瞬間ハルはピタリと泣き止み、魂までも抜き取られたかの如く、放心に近い状態となった。

サラの存在すら見えていないかのように、ただ一点をぼんやりと見つめ、ゆうっくりゆうっくり呼吸を繰り返す。

ハルの姿形があるだけで、ハルではなくなっていた。

サラは自分の力が恐ろしくなった一方で、安堵していた。

ハルの記憶を喰ったのは、身体が記憶を欲していたからではない。

一時だけでも、悲しみを忘れさせてやりたいと思ったからだ。

一時というのに偽りはなかった。

事実あの時はまだ身体が飢えていた訳ではないし、何よりも看守に知られるのを恐れていた。

小屋には二人きりなのだ。

ハルが記憶喪失になっているのがバレたら、女といえど最初に疑われるのは自分だ。

看守に知られたら大変な事態となる。

それを自覚していたサラは、看守がやってくる翌朝には記憶を戻そうと考えていたのだ。

しかしその直後メロたちが看守を襲撃しにやってきて、予想外の出来事にサラはハルのことを忘れてメロたちと看守の争いに気をとられていた。と言っても、僅か数分の間だ。

ハッと気がついた時、ハルはもういなくなっていた。

サラは家畜小屋を抜け出しハルを見つけて、ハルを捜した。

誰よりも先にハルに記憶を戻さなければならなかった。

しかし結果的に、ハルを見つける前にメロと再会してしまい、合流後、ハルが現れた。最悪のタイミングだった。

ただ偶然にもその時リュウとシンの姿がなく、二人に疑惑の目が向けられた。

だから皆が見ていない夜中にそっとハルの記憶を戻せば誰にも怪しまれることなく解決はできた。

でもその時にはもう、サラはハルに記憶を戻せる状態になかった。

身体が、渇き始めていたのだ。

苦しい状態で記憶を戻したら、死ぬような気がした。

サラは、お腹に宿る子供を死なせるわけにはいかなかった。仲間の記憶を喰ってでも、子供を守りたかった。だから、アンリとリーザとココの記憶を喰った。

メロたちの記憶を喰わなかったのは、メロたちに潜む悪魔の存在を恐れていたからだ。もし記憶がない状態で悪魔化したら、それこそ命が危うくなる。

となると安全なのは、子供たちとアンリたちだった。

サラは、一緒に暮らしてきた子供たちの記憶は喰えなかった。だから三人の女たちの記憶を喰ったのだ。

とはいえ街に着くのがまだまだ先だったとしたら、最年長のコナから順番に記憶を喰っていただろう。

本当は記憶を喰うなんてことをしたくはなかったけれど、身体が限界だった……。

アンリの時は、見張りのデクがうとうとしている隙を見て喰った。

リーザの時は、徘徊《はいかい》を始めたハルをメロが追いかけた時。

ココの時は、一晩中見張りをしていたザキが背を向けた瞬間だった。

サラにとって好都合だったのは、リュウには悪いがリュウがずっといなかったことだ。

そのおかげでリュウに疑惑の目が向けられていたから。

もっとも、アンリとリーザは記憶を喰った瞬間、ハルみたいに徘徊を始め、姿を消したから、記憶を喰われたのではないかという疑念すら抱かれなかったが。

サラは勿論二人が徘徊を始めたことに気づいていたが、止めなかった。本当に自分は冷酷だと思う。

様々な偶然が重なって、いや偶然が重ならなくとも疑われることはなかったろうが、最後まで自分が希少種だと気づかれぬまま……。

いや、一人だけ気がついた人物がいる。

シンだ。

皆がココの異変に気がついた朝、シンの様子がおかしかった。

メロたちはシンを不審がっていたが、サラには苦しんでいるように見えた。

サラはシンに見られていた自覚はないが、見られていたのだと思う。

皆がシンに疑惑の目を向ける中、一瞬シンと目が合ったのだ。その時、誰にも言わないからね、とシンが言ったような気がした。

それからシンは一切目を合わせなくなった。不自然なくらいに。

直接確かめた訳ではないけれど、シンは見ていたのだと思う。あの瞬間を。

サラはシンを思う度、胸が締め付けられる。

自分のせいでシンは一人苦しみ、仲間たちにも疑われた挙げ句、最後は自分の身代わりとなって連れて行かれたのだ。

仮にあの時、気を失っていなくてもシンは真実を伝えなかったと思う。大丈夫だよと目で言って、連れて行かれたと思う。

三年が経った今、シンはどうしているだろうとサラは思っている。

魂を喰う悪魔となって、殺されてしまったかもしれない。

仮にまだ悪魔となっていなくても、シンはいずれ殺される運命だ。シンが希少種であることは、ほぼ有り得ないのだから。

サラが望むのはただ一つ。

奇跡的に何十年もシンが悪魔化せず、どんな場所でもいいから、『希少種』と思われたまま生き続けることだ。

何でもいいから、どんな状況でもいいから、シンには生きていてほしい。


サラは自分が希少種であると知った時は本当に驚いたが、『悪魔』になったことに関してはさほど驚きはなく、当然と言えば当然であり、ごくごく自然なことだと思った。

そして当然と思うと同時に、心のどこかでは正直ホッとしていた。

サラはこの十七年間ある悩みと戦ってきた。

しかしどうすることもできず、いつも自分に怒りを感じ、自分を責め、そして運命を恨み、一方ではそんな自分を悲しみ、神が与えたこの身体と、そして試練に苦しみながら生きてきた。

サラが初めて自分に違和感を抱いたのは、物心がついた頃だった。

メロたちが畑の傍で立ちションベンをしている時、どうして自分にはチンチンがないんだろうと思った。

それを、当時まだ生きていた母に尋ねると母は当たり前のように、女の子だからよと笑って答えた。

その『女の子』という言葉にも違和感を抱いた。

段々自分に対する違和感は膨らんでいき、やがて、女物の洋服を着させられるのも、長い髪にさせられるのも嫌になってきた。

メロたちみたいに男物の洋服が着たい。

長い髪をばっさり切って、かっこいい髪型にしたい。

メロたちみたいにボールを遠くに飛ばしたい。みんなで並んで立ちションベンがしたい。

だって、自分もメロたちと同じ男だから。

なのにどうして身体は女の子なんだろう……。

サラは自分の心と身体が別々なのが嫌で嫌でたまらなかった。どう考えたって、身体を間違えて生まれてきてしまったとしか思えなかった。

サラは毎日毎日一人で思い悩んだ。

年月が経つにつれて女性の身体で生まれてきてしまった自分に怒りを抱くようになり、最終的にはそれは自分をこんな身体で産んだ母に対する恨みへと変わっていった。

地獄のような苦しみだったが、サラは誰にも悩みを打ち明けることはしなかった。いやできなかった。

第一に、看守に対する恐れがあった。

奴らには人間の血が流れていない。血の繋がった親子同士に繁殖させるような悪魔ばかりだ。

看守にこのことを知られたらどんな実験をさせられるか分からなかった。

もっとも、自分たちのいる場所が悪魔村でなくても、誰かに打ち明けることなんてできなかったが。

当時サラは人生で一番多感な時期だった。

たとえどんなに深い絆《きずな》で繋がっているメロたちであっても、いやメロたちだからこそかもしれないが、事実を打ち明けるなんてできなかった。信じてもらえるかどうかとか、皆の反応が怖いとか、恥ずかしいとか、そういうことじゃない。

あの頃自分でも分からなかったけれど、とにかく誰にも言えなかった。

母親にも。

もっとも、大人の心が芽生え始める前に母は病気で死んでいたが。

サラは自分の身体に違和感を抱きつつも、皆の前では女でいることに決めた。それが一番の解決法だと思ったのだ。

だから女の服を着たし、長い髪のままだったたし、同じ屋根の下で暮らす子供たちの前では

『母親』となり、話す時だって、できる限り女性の言葉遣いを心がけた。

偽りの日々は辛かったが、本当は男なんだと思えば我慢ができた。

しかし一方で、どうすることもできない苦しみがあった。

親友のメロが自分に対して恋心を抱いていたことである。

メロは言葉で言い表すことはなかったが、サラはメロが幼い頃から自分に恋心を抱いているのを感じていた。

勿論メロに罪はない。

だからメロにだけは、本当のことを伝えようかと思った時もあった。

でも話せなかった。

当然メロの気持ちに応えることなんてできず、サラにできることは、メロに優しくすることだけだった。でも今思えば、それが一番の罪だったのかもしれない……。


誰にも言えない問題を抱えたサラにとって、悪魔村での生活は試練の連続であったが、最大の試練はやはり仲間たちとの『繁殖』であった。

今でもあの時のことを思い出すだけでサラは暗然たる気持ちになり、仕方なかったとはいえ受け入れてしまった自分のことが嫌になる。

心が男性だからか、サラの初経は周りの女性よりもかなり遅く、十四歳になる直前の三月だった。

生理が終わるや否やまずメルツとSEXをさせられ、その後立て続けにデクとリュウの二人とさせられた。

どれも最悪な想い出であるが、その中でも特に嫌だったのはメルツだ。

あれは人生最大の屈辱だった。

メルツもメロと同様サラに対して恋心を抱いていたが、メロとは対照的に幼い頃から屈折した性格で、愛情表現もまた異常であり、尚かつ思い込みが激しく、サラは友情どころか昔からメルツに辟易していた。

初めて繁殖小屋に連れて行かれ、扉が開き、そこにメルツの姿を見た時は運命を呪った。

看守にもそうだが、メルツに対しても殺意をおぼえた。

対照的にメルツは酷く興奮していて、震えた指先で身体に触れてきた。

汗ばんだ指の感触。電流が走って、鳥肌が立った。身体中が嫌悪感に満ちていた。

あの時メルツの顔は見ていない。ずっと目を瞑っていたから。想像するだけでゾッとする。

メルツが自分の中に入ってきた時、サラは自分の未来を絶望し、一瞬生きる気力を失い、舌を噛み切って死んでしまおうかと思った。

でも耐えた。死んだら何の意味もない。

早く終われ、絶対に負けるなと心の中で叫びながら。

メルツが膣の中に射精して果てた瞬間サラは繁殖小屋から飛び出した。

それからのことはあまり憶えていない。

気づけば住居の布団で寝ており、すぐ傍には一緒に暮らす子供たちが心配そうに見つめていた。

高熱に浮かされていたよサラ姉ちゃん。

サラは天井をぼんやりと見つめながら、子供たちの心配する声を聞いた。

熱は三日間程で引いたが、サラは起き上がる気力が出ず、二週間程寝込んでしまった。

やっと心身ともに回復したと思ったらその五日後にデクと、更にその翌日にはリュウとも繁殖行為をさせられ、それからすぐ医者の検査があり、妊娠が分かったのだ。

妊娠の初期であり、まだ三週間程度だと医者は言った。

それを聞いた瞬間、サラは目の前が真っ暗になった。

三週間前の相手はメルツだ。メルツ以外考えられなかった。

よりによってメルツが父親なのだ。メルツの遺伝子が、お腹に宿ってしまったのだ。

でもサラは、メルツに対して恨みはあるのに、不思議と子供には愛情が湧いた。心は男でも、産んでみたいという想いでいっぱいになった。

それでもずっと皆に隠していたのは、メルツが父親だと分かっていたからだ。

メルツにだけは妊娠していることを知られたくなかった。

サラは絶対にメルツを父親だとは認めたくなかった。

サラは、お腹の中の子供が生まれる前にメルツに死んでほしいと本気で思っていた。

それくらいメルツの存在が疎ましかった。

だから森の中で渇きが襲ってきた時、本当はメルツの記憶を喰ってやりたかった。

しかしメルツを記憶のない悪魔にするのはもっとも危険な行為であり、それだけは絶対にできなかった。一緒にいるのがどんなに嫌でも我慢するしかなかったのだ。

だからメロがメルツを喰った時は心の底から安堵した。というよりも、心が晴れたと言った方が正しい。

しかしそれでもやはり、ハナが生まれた当初は、メルツが父親であるという事実に苦しんだ。まるでメルツに呪縛《じゅばく》をかけられているかのように。

ハナを見ているとメルツの顔が重なって、可愛いはずのハナが怖くなる時があった。

でも時間が、というよりもハナがメルツの呪縛を解いてくれた。

過去のことなんてどうだっていい。

ハナが元気であれば、笑顔であれば、それでよかった。

それ以上は望まない。ハナがこうして幸せでいられるだけでも、奇跡なのだから。

でも……。

サラは思う。

もし一つだけ願いが叶うのだとしたら、ハナにママではなく、『パパ』と呼んでもらいたい。

サラはツヤと暮らすようになってからすぐ、インターネットカフェで自分のことを調べたことがある。

パソコンの画面には、ズラリとこの文字が並んだ。

『性同一性障害』

これに間違いないと思った。

しかし今は思い悩むことはない。昔の自分が嘘のように。

俺はやっぱり男だったんだ。

女が悪魔になることは有り得ない。悪魔になったということは、男だったということなんだ。

サラは最初から自分が男だと知っていた。

でもその確証がなかった。

けれど悪魔の身体になったことで、全てが証明された。

今まではそんな自分が嫌で、事実を隠し続けてきた。

でもサラはこの三年間でもう一つ、心の変化があった。

サラは、三人に自分が性同一性障害であることを告白してみようかと考えている。

むしろ、伝えたい。知ってほしい。

まずはツヤだ。

性同一性障害であることも黙っているから、実はツヤには二つ嘘をついていることになる。

ツヤは何て言うだろう。

最初はさすがに戸惑うだろうが、きっとすぐに受け入れてくれるはずだ。

人一倍気を遣う性格のツヤのことだから、洋服から何から全て男物を揃えてしまうかもしれない。

ハルはどういう反応をするだろう。

普段は冷めているけど、案外優しいところがあるからハルもすぐに受け入れてくれると思う。

それでもハルのことだから、ふうんそうなんだ、と素っ気ない反応が返ってくるだろう。

ハナはまだ意味すらも分からないだろうから、話すのは何年も先になると思う。

正直ハナの反応が一番怖いけれど、その時は堂々と話そうと思う。男の恰好をして。

ママは実はパパなんだと。身体は女の人だけれど、中身は男なんだと。

勿論すぐに分かってもらおうとは思っていない。

ましてや女の子だ。話す時期にもよるが、嫌われてしまうかもしれない。

それでもいい。

時間がかかるかもしれないけれど、いつか理解して、『パパ』と呼んでくれる日が来ることを、サラは信じる。

朝食を食べ終えたサラはハルに片付けを任せて家を出た。

最寄りのバス停まで駆け足で行き、ちょうどやってきたバスに飛び乗る。

乗客はたった三名。三人とも七十近い女性だ。

サラは三人の脳に宿る黒い光を見た。

ドクン、と心臓が波打つ。ゴクリと生唾を飲み込んだ。

ふと、バックミラー越しに運転手と目が合う。いつもの若い運転手だ。

当然運転手はサラの素性も、本当の性別も知らず、普通の女の子だと思っている。

運転手が挨拶《あいさつ》を込めてか、微笑みかけてきた。

サラは無視して、窓に映る諫早《いさはや》湾の景色に目をやる。気を紛らわすように心の中で歌を歌った。

まだ平気だ。落ち着かない態度で自分に言い聞かせた。

一時間後、終点城内駅に到着した。

サラの住む太良町とは違い、駅の周辺には飲食店やスーパーやコンビニ等が建ち並び、この時間帯はサラリーマンや主婦が目立っている。

バスを降りたサラは駅から離れ、臨海公園に向かった。駅から十分程歩いた場所にある、静かな公園だ。

臨海公園に着いた時、穏やかな海とは対照的にサラの心臓は激しく波打っていた。

サラは鋭い目つきで人間を探す。できれば老人かホームレスにしておきたいと思う。

タイミングよく、ベンチで酒を飲んでいるホームレスの男を見つけた。六十近いらしい男は、朝から顔を赤くして上機嫌だ。

サラは辺りを見渡し、誰にも見られていないことを確認すると、ホームレスに近づいていく。

若い少女が近づいてきたものだから、ホームレスは更に顔を真っ赤にして喜んだ。

「お嬢ちゃんも一緒に飲むかい？」

サラは無言のまま隣に座る。

いつもまず最初にホームレスや老人を探すのは、それ以外の世代の記憶を喰うことに抵抗を感じるからだ。

それよりはホームレスや老人の記憶を喰った方がいいとサラは思っている。

だからといって、全く罪悪感がない訳ではない。

たとえ老い先が短くても、将来に希望がなくても、彼らだって同じ人間なのだ。申し訳ない気持ちはある。

でも、自分は生きていかなければならない。ハナのために。

身勝手だが、許してほしいと思う……。

サラはもう一度周りを確認して、男の頭に手を伸ばす。

「なんだお嬢ちゃん、遊ぼうってのか」

サラは心の中で男に詫《わ》びて、男の脳に宿る黒い光を引き抜いた。

サラに記憶を喰われたホームレスの右手から、酒の入った缶がスルリと落ちた。

男の顔は真っ赤なままだが、ここがどこか分からないといった様子で辺りを見渡す。

やがて立ち上がり、フラフラとどこかへ行ってしまった。

サラは男の背を見つめながら、あと二人、と心の中で言った。

三人も喰えば、三日は耐えられる。

本当なら十人くらい一気に喰って一週間くらい保たせたいが、いくら喰っても三日が限界だった。

サラは立ち上がり、次のターゲットを探す。

その時だった。

「やっぱりそうだったか」

公衆トイレの方から声が聞こえ、サラはビクリと振り返った。

トイレから現れたのは一人の青年だった。

誰だ？　と思うが、サラはすぐにハッとなった。

顔も身体も随分と男らしくなっているからすぐには分からなかったが、間違いない。キラである。

サラは愕然とし、手足が硬直する。

もしや、見られたか。

「どうして、キラが」

キラは不敵な笑みを浮かべながらやってきた。

黒のダウンに白いスラックス。靴は茶色のブーツだ。

全く違和感のない恰好だが、腰には五つの瓢箪をぶら下げている。この瓢箪が、キラだと確信する決め手となったのだった。

サラは瓢箪を見るだけで、過去に戻ったみたいな感覚に陥った。

「久しぶりだなサラ。随分大人っぽくなったじゃねえか」

サラはそんなことなどどうでもよかった。

なぜここにキラがいるのだ。

「この三年間、ずっと捜してたぜ」

捜してた？

サラは警戒しながら問うた。

「どうして、ここが」

キラはフフと笑うとサラに歩み寄り、サラの耳元で、

「偶然この町に来たんだけどよ、一昨日、女子高生たちがこんな話をしてたんだ」

サラは気持ち悪いというように顔を離し、

「なに」

と口を尖らせて聞いた。

するとキラはまた耳元で、

「この町の住民が、次々と記憶喪失になってるってな」

誰にも聞こえないよう、そう囁いたのだ。それを聞いたサラは動揺を隠せなかった。

「もしやと思ってずっと駅の辺りで張ってたんだ。案の定そうだったな」

サラはこの瞬間確信した。

キラは見ていたんだ。記憶を喰う瞬間を……。

「おかしいと思ったんだ」

キラは普段の声量で言ったが、またしてもサラの耳元で、

「ココの記憶が戻ってたからよ」

と囁いた。

サラはハッとして、

「ココたちは？」

恐る恐る尋ねた。

「さあな、あれから三年が経ったからなあ」

意味深な言い方だった。

目で意味を問うと、キラが三年前を振り返りながら話した。

「あの日、目が覚めた時にはもうココや子供たちはいなくなっててよ。門の向こう側を見たら、ココが子供たちを連れて逃げてやがったのよ。全く俺をほったらかしにしやがってよ。俺だって捕まったらヤバそうだったから、ココたちを追って、一緒に逃げたんだ。それからすぐに戦闘機がやってきて危なかったけど、俺たちどころじゃなかったんだな。気づいてただろうけど、何とか捕まらずにすんだ。

で、二日くらい歩き続けたかな。俺もさすがに死にそうなくらい疲れたぜ。ココや子供たちはもっとヤバかったろうな。そんな俺たちの目の前に、偶然ある施設があった」

「施設？」

「幼い子供たちが大人と遊んでてよ、そこには『児童養護施設』って書いてあった」

「児童養護施設」

サラはどういう場所か理解している。

「当時ココは勿論、俺も意味が分からなかったけど、ココは直感で、ここなら子供たちの面倒を見てくれると思ったんだろうな。

そう思うのも無理はねえよな。なんにもねえココにコナたちの面倒なんて見られるわけがねえ。

それでも子供たちはココと別れるのを嫌がったけど、最後はココの言うことを聞いて、自分たちで施設の中に入っていったぜ。

気づいたらココはもう走ってて、俺も施設の人間に気づかれたらヤバイと思ってココを追いかけた。

でもやっぱり子供たちが気になってたんだろうな。すぐ傍の公園に入ってよ、何時間もベンチに座って悩んでた。

そしたら、人生何があるか分からねえよな。

いきなり三十歳くらいの気味の悪い男がココに声をかけてきてよ。

遠くで様子を見てたら、いきなりその気味の悪い男がココの絵を描き始めたんだ。

当時、まだ悪魔村で着ていた服だったし、上から下まで全部汚れてて、それが逆に珍しかったのかな。

そんな見窄《みすぼ》らしいモデルを、男は楽しそうに描きやがるんだ。ココはどうにでもしてくれって感じで笑えたけどな。

で、描き終えると男とココが話し始めて、なぜか男と一緒に公園を出て、気づかれないようについていったら、男のアパートに入っていってよ。

それから何日くらい観察したかな。

男は毎日公園でココの絵を描いて、やがてココはその男と付き合うようになって、男に全てを話したか分からねえけど、夫婦みたいに暮らしてたぜ。

それからは分からねえ。でも今でもあの男と一緒にいるような気がするなあ」

サラはそれを聞いて一先ず安堵し、

「それで、子供たちは？」

緊張の面持ちで聞いた。

「子供たちは、施設で暮らすことになったよ。こっそり見に行ったら、他の子供たちに交じって遊んでたからな」

それを聞いてサラは心底安堵した。やっと心の詰まりがとれた想いだった。

今も皆が幸せに暮らしていることを心から願う。

「で、サラはこの三年間どうしてた。赤ん坊は元気か？　ハルも、一緒に連れて行ったんだろ？」

「赤ん坊はもう三歳になった。ハナっていうんだ。ハルも元気だ」

「ほう。それで今どこで暮らしてるんだ？　まさかこの辺りじゃないよなあ」

含みのある言い方だった。

サラは話す理由などないと思いつつも、ツヤとの出会いや現在の環境等を話した。何か危害を与えてくるような奴ではないと知っているから。

「そうか。そうだったのか」

キラは続けて、

「しかし」

声色を変えて言った。

「まさかサラがねえ」

何を言わんとしているのかすぐに理解したサラは表情を一変させた。

「しかしどうしてなんだ？　有り得ないはずなのに」

なぜサラが悪魔になったのか、キラは想像すらつかないようだった。

サラはフッと笑い、

「世の中には不思議なことがたくさんあるのさ」

と答えた。

キラは難しい表情を浮かべるが、謎は謎のままにしておこうと思ったのか、緊張の糸がプツリと切れたように、フフと笑った。

「確かに」

「それでキラはこの三年間どこで何を？　その洋服はどうやって？」

サラが尋ねると今度はキラが、

「世の中には不思議なことがたくさんあるのさ」

と言い、またフフと笑ったのだった。

「確かに」

サラも笑った。

「しかし長かった」

キラはそう言って、右端にぶら下げている瓢箪を指先で撫でながら、

「よかったなメロ、サラに会えて」

と声をかけた。

サラの表情が一瞬停止する。

「まさか」

「そうだよ。この中にメロがいる」

指で撫でながら言った。

「やっぱりそうだったんだ」

「封印されてもメロの意識はちゃんとある。俺たちの会話だって聞こえているんだぜ」

それを知ってサラは合点した。

なぜキラが何度も耳元で囁いてきたのかを。

「メロがサラに会いたがってるから、ずっとお前を捜してたのさ」

サラは目を細め、

「本当にメロがそう言ったのかい？」

「サラだって知ってるだろう？　メロの気持ちを」

サラは頷いた。

「これ以上言うと、メロが恥ずかしがるからやめとくぜ」

「それで」

サラが声色を変えて聞いた。

「本当の理由は？」

「本当の理由？」

「三年間も私を捜した、本当の理由」

「だから言ったろ。メロが会いたいって言うんだよ」

サラはまた目を細めた。

「で、この瓢箪をサラに渡そうと思ったんだ」

サラは意外そうに言う。

「瓢箪を？」

「ずっと俺と一緒じゃメロが可哀想だろ？　メロもサラの傍にいたいはずだぜ。持っててやってくれよ、この瓢箪」

サラはじっと、メロが封印された金の瓢箪を見つめる。

メロがそう望むのなら、そうしたいと思う。

しかしメロは真実を知らない。

愛する人が実は男で、尚かつ記憶を喰う悪魔であるということを。

それでもメロ、いいのか？

サラは心の中で瓢箪の中にいるメロに問いかけるが、当然何も返ってこない。

サラは悩んだ末、メロが幸せならそれでいいのかもしれないと思った。

真実を告げなければ、メロはずっと幸せなんだ。

しかしサラにはもう一つ不安がある。

「何悩んでるんだよ。メロはお前たちの命の恩人なんだぜ？　まあ、本当の命の恩人はこの俺だけどな」

「そうじゃない。受け取るのはいいけど」

キラは察したように、

「ああ」

と頷いた。

「大丈夫。蓋を開けなければな。その代わり、開けたら大変なことになるぜぇ」

「大丈夫かな」

「大丈夫さ。誰の手にも届かない場所に置いておけばいいんだ。仮に落ちても、そう簡単に蓋は開かねえよ」

それを聞くと、サラの表情がパッと明るくなった。

それなら、神棚に置いておこう。神棚ならハナもハルも手が届かないし、家族の会話だってよく聞こえる。

早速、ツヤにメロを紹介しようと思う。

「分かったよ」

サラが了承するとキラは胸を撫で下ろし、

「よかったぜ。これでメロも喜ぶ。肩の荷がおりた」

サラはキラから瓢箪を受け取り、大事に抱えた。

「ありがとうキラ」

キラは振り返り、

「じゃあ」

と手を上げた。

「ちょっと待って」

声をかけるとキラは向き直り、

「これからどうするかって聞きたいのか？」

そのとおりだった。

関係ないはずなのに、気になった。

サラが頷くと、

「特に決まってねえ。ただここはちと寒すぎるから、暖かい場所にでも行ってみっかな」

キラらしくそう言って、再び背を向けて去っていった。

サラはキラの背中に向かってもう一度、

「ありがとう」

と言い、瓢箪を抱えて臨海公園を後にしたのだった。

サラと別れたキラは、腰にぶら下げた瓢箪をブラブラとさせながら公園を出る。と見せかけて、サラが公園を後にしたのをチラリと確認すると公園内に戻り、サラの後ろ姿を見ながらニヤと微笑んだ。

嘘だよ。

心の中で言って、左端にある金の瓢箪を腰からほどいた。

サラが持っているのは偽物。空っぽだ。

これが本物。

「恐ろしくて本物なんか渡せねえや」

キラはそう言ってベンチに座ると、足元に落ちている空き缶を蹴り、メロが入っている瓢箪を隣に置いた。

「まだ見えてるぜメロ。会いてえだろ。随分女らしくなったぜサラの奴」

キラはメロに意地悪した。

暗い中でムズムズしているメロを想像すると快感だった。

「三年間捜した甲斐《かい》があったなメロ」

これは純粋な気持ちである。

「瓢簞、受け取ってくれてよかったじゃねえか。偽物だけど」

キラは昔からメロの気持ちを知っており、悪魔村で暮らしていた時、好きなのにどうすることもできず、サラをただ見つめているだけのメロを観察して楽しんでいた。

俺は昔から観察好きなんだなあ、とキラは今更ながらに思った。

サラに偽物の瓢簞を渡したのは、サラの気持ちを確かめるためだ。

「お前に代わってサラの気持ちを確かめてやったんだから、感謝しろよメロ」

瓢簞の中から、暇なだけだろという声が聞こえたような気がした。

「お前も聞いてたろ？　子供も、ハルも、元気だってよ。ホッとしたろ？」

俺はいい奴だなあとキラは自分で思った。

「しかしなぜだ」

キラは急に真剣な顔つきとなった。

なぜ、女のサラが悪魔となった？

有り得ないはずなんだ。女が悪魔になるなんて。

しかも希少種。

まさか記憶を喰っていたのがサラだったなんて。

「なんでだ？」

キラがいくら考えても謎は解けなかった。

「まあいいか」

世の中には不思議なことがたくさんあるもんな。

「さて」

キラは立ち上がると、

「目的は果たした。お前を海の中に封印する。ここでお別れだ」

目の前に広がる諫早湾を見ながら言った。

「…………」

キラは地面に置いてある瓢簞をしばらく見つめた後、ニヤと笑った。

「嘘だよ。そんなことしねえから安心しな」

「…………」

キラは青空を見上げ、

「そろそろ行くかメロ」

と言った。

「旅に行くぜ。日本全国回ってみてえんだ」

そう告げると、メロが悲しい顔をしたような気がした。

「分かってるよ。たまにサラたちを観察しに戻ってくるよ。太良町だったよな？　行けばまた会えるだろ」

俺って本当にいい奴だなあとキラは改めて思った。

「あ、でもなメロ」

メロを地面に置いたまま言った。

「一つだけ言っておくが、サラの奴、メロに特別な感情はないぜ。だってよ、瓢箪を渡した時の反応がそうじゃなかったもん。もしメロのことが好きなら、泣いたり、ギュッと抱きしめたりするもんだろ？　そんなの全然なかったもん。ありゃあお友達止まりだぜメロ。ハハハ、残念だったな」

遠慮なく思ったことを言い、メロを思いっきり落ち込ませたその時だった。

一切風なんか吹いていないのに瓢箪がコロリと倒れたのである。

瓢箪の中でメロがすっ転んだようであった。

キラは一瞬ヒヤリとしたが、安心した途端吹き出した。

「脅かすなよメロ」

キラは心臓をドキドキさせながら、倒れた瓢箪を起き上がらせると人差し指でつんつんと触り、

「おい、もう一度倒れてみぃ」

懲《こ》りるどころか惚《とぼ》けた顔でそう言ったのだった。

解　説

日野淳

「本が売れない」

今や出版関係者の間で挨拶代わりになっている言葉だ。

電子書籍の台頭というのも確かにあるのだろう。しかしそれよりも、紙・電子にかかわらず、本という読み物とそれを読む人との関係性が希薄になってきていることが原因だ。ストレートに言うならば、本を読まずともなんら問題なく日々を生きていけるという人が多くなってきている。じゃあ昔の人、たとえば江戸時代は全人口の8割以上が農民だったわけで、彼らは本を読んでいたのかみたいなことを考えると、この現状をなにも殊更騒ぎ立てる必要もないとも思えるのだが、今は江戸時代ではないし、私は農業ではなく本の原稿を書くライター業に従事しているので、やはり「本が売れない」は大問題なのである。

しかし忘れてはいけないのが、この「本が売れない」時代にあって、山田悠介さんの本は「売れている」という事実なのである。

ものすごく「売れている」。しかももっとも本を読まないと言われている10代、20代の人たちの間で「売れている」のである。

デビュー作『リアル鬼ごっこ』は累計200万部。そして本書が収録される幻冬舎文庫だけでも14作で累計585万部を超えるという。

また『リアル鬼ごっこ』は、2015年7月公開の園子温監督の映画「リアル鬼ごっこ」でなんと、7度目の映像化（ドラマも含む）となる。同じ小説が発売から十数年の間に7回も映像化されるだなんて、私は聞いたことがない。

低迷する出版業界、その中でも特に元気のない小説というジャンルにおいて、山田悠介さんは一人気炎を吐いているような状態だ。

小説業界全体が、それでもまだ購買者の多い中高年を対象にした時代小説をメインコンテンツに定めつつある中、山田さんのファンは前述したように、若者なのである。それは「朝の読書推進協議会」が調べた平成25年度「『朝の読書』（学校）で読まれた本」ランキングにおいて、上位20冊の中に、中学生部門、高校生部門を合わせて累計4作も入っていることからも実証されている。

「朝の読書」には、中高生が本を読む習慣を身につける目的もあると聞く。まさに山田さんの小説は彼らが小説の楽しみ、読書の喜びを知るための入り口として機能しているということ。先行きの見えない出版・小説業界において、数少ない希望といっても過言ではない。

さて、山田作品がなぜこれほど人気を博しているかについては、既に多くの方が論じられているが、私としては本作『奥の奥の森の奥に、いる。』の解説という責を担っている以上、この小説をテキストとしてその理由を解き明かしていきたい。

山田悠介といえばまず、アイディアの人である。

『リアル鬼ごっこ』は全国の「佐藤」さんが大量殺戮の標的になるという、もはや荒唐無稽とも言うべき斬新な発想から始まっているし、初期の代表作のひとつ『親指さがし』は殺された人の親指を探すという都市伝説的ホラーゲームに興じる小学生に起こった惨劇である。『復讐したい』というなんとも過激なタイトルが印象的な一作は、家族を殺された遺族は犯人を殺してもよいという「復讐法」が施行された日本を舞台にしたアクションものである。

こうして書き連ねていると改めて思うことだが、山田さんは一体これらのアイディアをどこで見つけてくるのだろう？　そして思いついたアイディアが小説としていけるかどうかをどうやって判断しているのだろう？

そして本作『奥の奥の森の奥に、いる。』の骨子をものすごく簡潔に説明すると、悪魔村に隔離されている悪魔の血筋を引く少年たちが、村を出て人間の街を目指すというロードムービー調の物語となる。舞台は現代の日本。悪魔村は長崎県の大きな森の奥に位置している。基本的になんでもありと言われるエンターテインメント小説であっても、悪魔を主人公に小説を書こうとする作家は多くない。ほとんどすべての読者は悪魔に会ったこともなければ、悪魔が実在するとも思っていないのである。そんな人たちに向けて、悪魔が悪魔であることに悩み、人間の生活に憧れ、自由を求めようと旅に出るという話を差し出そうとする勇気は、ほとんどの作家にはない。

仮に覚悟を決めて悪魔を描こうとしても、多くの作家は、まず悪魔が本当にいるのだと読者に思わせるような仕掛け、構成から考えるはずだ。たとえば第一章では現代に生きるとある人物の日常を細かく描写し、その中で奇妙かつ不可解な出来事が頻発しているという状況を説明する。つまりこれから大きな嘘（＝悪魔がいること）をつくための準備から始めるのだ。そして第一章の終わりあたりで特殊能力でも持っていそうなキャラクターが登場して、「これは悪魔の仕業かもしれない！」と口にする。そして次章から悪魔の実態が少しずつ明かされていくのである（以上、あくまでたとえばです）。

山田作品はまったく違う。そんな回りくどいことはしない。

本作の一行目は「悪魔の子孫を残すのが、十四歳のメロの最後の仕事だった」。そして数ページめくれば、この物語設定の詳細について、さも当然そうでしょうといった調子で語られるのだ。

「ここは日本政府の管理下におかれ、国から命を受けた看守たちが、悪魔たちの出生と成長を厳重に管理している。まさに『悪魔牧場』だ」

悪魔を生み育てるための国営牧場があるなんて！

「悪魔村の存在は国民には知らされず、文献も殆ど残されてはいないが、その誕生は四百年以上前だと言われている。対馬からやってきた五人の男たちを、当時肥州の国を統治していた壱岐大名が迎えたのが悪魔村の歴史の始まりだと言われている」

四百年以上もの間、秘匿施設として存在してきたとは……。

今、この解説を書いている私は、小説の中の文章を引用するためにパソコンのキーボードを叩いているわけで――それはつまり小説に描かれていることとそれなりの距離を保った状態なのだが――そういう私からすると「いや『悪魔村』はありませんから」となる。しかし、本作を最初に読んだ時の自分がどう感じていたのかというと、「そんな村あったら、すげー怖いよ」なのである。

何が言いたいのか。読者というものは、意外と作者の描く「嘘」に寛容なのだ。「嘘」という言葉が直接的すぎるのならば「虚構」としてもよいのだが、興味をそそられる「虚構」なのであれば、そこにおける現実性はある程度無視してもいいと思っている。

しかし前述のように多くの作家は現実性——それはなぜかリアリティというカタカナで語られることが多く、カタカナ化することで一層大事なもののような雰囲気を獲得している——を重視するあまり、第一章の原稿用紙100枚くらいをかけて、読者の寛容さとすれ違うのである。一刻も早く別世界に連れていって欲しいと願う読者の欲求をスルーしてしまう。その不幸なすれ違いによって、読者はその小説をいつまでも面白くならないと認識し、ひどい場合は本をパタリと閉じる。ネットにゲームに携帯、恋愛に友達付き合いに、自分探し。みんなそれなりに忙しい。誰かのつまらない話に付き合っている暇なんかなくて当たり前だ。

この日本に実は悪魔村がある。それで面白いと思ってもらえるのであれば、物語の導入としては充分なのである。

これは解説の役割からは逸脱することだが、現代の小説には、今を生きにくいと感じている「私」（＝作家自身であることが少なくない）の自我から始まり、その「私」が自分だけの生きにくくない居場所を見つけるまでをストーリーの主軸とするものが呆れるほど多い。それが悪いとまでは言わないが、その小説の読者に求められるのは「生きにくさ」への共感となってしまう。共感してもらえる小説がよい小説で、共感されなければ、リアリティのないつまらない小説という図式もでき上がる。

しかし、これほど社会および個人の多様化が加速する中で、共感をよすがにした作者と読者の、読む・読まれるという関係は、とても頼りなく、広がりを持ちにくいものだ。

また別の言い方をするのであれば、「生きにくさ」を感じている「私」のことを、果たしてわざわざ小説に書いて発表するほどなのか、という問題もある。同じ時代の、同じ国で、ほぼ同じようなものを食べて暮らす人々の中で、なぜその「私」の「生きにくさ」だけが特別だと思えるのか、根拠が曖昧、脆弱《ぜいじゃく》だ。

山田悠介さんは決して「生きにくさ」を謳《うた》わないし、共感に囚われたりもしない。現実性をすすんで放棄するような自由で大胆なアイディアは、面白ければそれでいいじゃないかという考えの表れだ。作家としての自我を振りかざしたりせず、同時代を生きる人々と同じ目線、同じ場所から語り出しているのである。

山田さんが「悪魔村あったら、怖いと思わない？」と投げかける時、山田さんはそのファーストボールを受け取ってくれる読者を信頼している。みんなもきっと怖いと思うはず。なぜならば、僕たちはほとんど同じ人間だから。

そろそろ本作のストーリーに戻ろう。

主人公は14歳の少年メロ。他人を思い遣《や》る心を持った優しい、どこにでもいそうな少年である。しかしメロの身体には悪魔の血が流れている。同じような血筋を持つ仲間たちと悪魔村に隔離されている。

悪魔村には大人の男がいない。なぜならこの村で生まれる男は極端に生命力が弱く、ほとんどは10歳になる前に死んでしまうからだ。10歳を超えた少年達は生殖機能が発達するやいなや、悪魔の血筋を絶やさないため、強制的に性行為をさせられる。相手もまた悪魔の血を引く女達。家畜の種付けさながらに性行為を繰り返させられるうちに、どこで誰との間にできたのか分からない、悪魔の血を引く子どもたちが次々と生まれている。

夜の性行為を中心としたメロたちの生活はもちろん決して明るいものではないが、仲間達と森を駆け回りながら友情を育み、同年代の女の子に恋心を抱くなど、ささやかでありふれた幸福な時間もないわけではない。しかしその小さな幸せも14歳までで断ち切られる。15歳になる年を迎えると、すべての少年達は、母親とともに牢獄のような施設に連行されるのだ。

10歳を超えても生き延びる者は、15歳を過ぎると例外なく悪魔となる。理性と引き換えに凶暴性を増し、人体にはあるまじき強靭《きょうじん》さと敏捷性を備えた、人間にとっては脅威でしかない悪魔。しかも悪魔は人間の魂を喰らうことで命を繋《つな》ぐのである。魂を喰われた人間はもちろん命を落としてしまう。そんな危険極まりない存在である悪魔は生かしておくわけにはいかないので、少年は悪魔となった時点で即刻射殺される。

ではなぜそもそも日本政府は、こんな危険な悪魔を飼育しているのかというと、50年に一人生まれるという希少種の悪魔――政府にとって都合のいい特別な力を持った悪魔――を誕生させるためなのだ。

前回希少種が生まれてから今年で50年。ということは、メロたちの世代で再び希少種が誕生する可能性が高い。メロを含めた6人の少年たちは、人間たちの勝手な期待を背負わされ、悪魔化するその日まで檻の中に閉じ込められる。

ちなみに母親も一緒に監禁されるのは、彼らが悪魔化した時に、希少種かどうかを見分ける実験台として母親が使われるせいだ。

果たして6人の中に希少種は存在するのか？　それとも全員がただの悪魔でしかなく、親子ともども死んでしまうのか？

メロの母親は、最愛の息子をなんとかして助けたいと考え、檻の中でとある策略を練る。錯乱して息子を刺し殺してしまうという狂言を演じ、その混乱に乗じて、子ども達を逃がそうと計画する。

「いずれにせよ母さんは死ぬ運命だ。でもアンタは生きなきゃダメだ。ここから出て生きるんだよ。たとえどんな姿になろうが、生きてほしい。

メロ、生き続ければきっといつかいいことがあるよ」

母親は自らの命を投げ出してメロを逃がし、他の少年達も脱出に成功。村に戻ったメロたちは、女や子どもたちを連れ、「街」を目指して旅立つ。話にしか聞いたことのない街。この深い森の先にある、大きな壁の向こうの、人間が自由に暮らすという街を。

ロールプレイングゲームのパーティーのような悪魔村の若者たち。看守たちは彼らを追ってくるし、異変に気付いた街からも人間たちが彼らの行く手を阻もうとやってくるに違いない。何の準備もなく始まった旅であるがゆえ、寒さと飢えにも苦しめられる。

悪魔村で悲惨な日々を共にしてきた同じ年の仲間たちはいるが、彼らもいつ悪魔と化してしまうかは分からない。現にそのうちの二人は「心臓が熱い」と身体をワナワナと震わせ、沸き上がってくる衝動を必死に堪《こら》えているようだ。悪魔になってしまったら、もう人の魂を喰わないと生きては行けない。たとえ仲間の魂でさえも、見境なく喰らってしまうのが悪魔なのだ。そう、希少種でない限り。

旅立ちから数日。行方知れずになっていた子どもがメロたちの前に突然現れるのだが、その子は言葉も満足に話せないような状態になっていた。どうやら記憶をなくしているらしい。なんらかのショックで一時的に記憶を失っているのでなければ、実はそれこそがメロ達6人の中に希少種が存在することを意味するのだった……。

この勢いで最後まで筋を説明してしまいそうなのでこのあたりで止めておくが、悪魔村があるというひとつのアイディアに、様々な状況設定、物語世界のオリジナルルールが折り重ねられて、緊迫感溢れるストーリーができ上がっていることが充分にご理解頂けるだろう。家族の絆、恋と友情。旅と闘い。そして冒険とミステリー。エンターテインメント小説が持ち得るあらゆる魅力的なコンテンツやシーンを動員し、それらを複雑かつ巧妙に絡み合わせることで、本作は圧倒的なリーダビリティーを獲得している。

山田悠介さんの創作態度は、どうしたらもっと面白くなるのかの一点に集中している。ある程度読者の予想をなぞりながらも、時に大胆に予想を裏切るような仕掛けを投入。それはまさに作者と読者とのコミュニケーションだ。山田さんはそのコミュニケーション能力が著しく高い。

おそらくそれは、彼の小説を書く時の立ち位置、視点の在り方と無関係ではないはずだ。小説を書くことは読者に特別な「私」を理解してもらうためではなく、あくまで作り上げた世界を存分に楽しんでもらうため。そのためには限りなく読者に近づいて、時に顔色を窺《うかが》いながらも、最終的には読者を信じて豪速球を投げる。純度の高いサービス精神と確固たる自信の両方があってこそ、この奇想天外でありながら胸を打つシーンも満載という青春群像劇ができ上がるのだ。

そしてもうひとつ、特筆すべきことがある。

私は山田作品の根幹を支えているのは、スピーディーで派手なストーリーラインに隠された、至極まっとうな正義感、倫理観、人生観であると思っている。

好きな人を守らなくてはいけない。

仲間は大切にしなければならない。

そしてメロの母親が最期の言葉として残したように、何があっても生き続けなければならない。生き続けていればいつかいいことがある。

確かにこれらはありふれた言葉かもしれない。親や先生から繰り返し教えられてきたことだし、テレビドラマでもこれに類する台詞はいくらでも耳にしてきた。しかし実のところ私たちが日常生活の中で、これらを訓練し、実践する機会はそれほど多くはない。本当に身についているかどうかが問われる日がやってくる時、私たちはいつも経験不足だ。

だから私たちは自覚的であるか否かは別として、これらの言葉に触れたいと願っている。説教されるのは嫌だ。できれば手に汗握るような、我を忘れるほど夢中になるような物語の中で、さらりと自然に、でもはっきりとした分かりやすい言葉として聞きたいと欲している。

10代、20代のたくさんの若者たちが、山田さんの小説を読み、読書の楽しさに目覚めていると同時に、まっとう故にいつの時代も揺らぐことのない正義感、倫理観、人生観について、それぞれの考えを深めているのだとしたら、これほど好ましいことはないのではないか。

本は売れないが、山田悠介さんの本は売れている。

それは出版界の希望などという小さな世界の詰まらない事情を大きく超えたところにある、何かもっと尊い意味合いをはらんだ希望だと考えるべきなのだ。

――フリーライター

この作品は二〇一三年一月小社より刊行されたものです。

幻冬舎文庫

●好評既刊
復讐したい
山田悠介

遺族は犯人を殺してもよい——。最も残虐な方法で犯人を殺すことに決めた遺族の選択とは!?「復讐法」に則り、絶海の孤島を舞台に愛する人を奪われた怒りが爆発する! 背筋の凍る復讐ホラー。

●好評既刊
自殺プロデュース
山田悠介

白川琴音は、自殺する者のために音楽を奏でる、大学の極秘サークルの一員。が、ある日、自殺志願者が「死ぬのをやめる」と言った途端、憧れの美人指揮者・真理乃が豹変。狂気の暴走が始まる!

●好評既刊
パラシュート
山田悠介

大学生の賢一と光太郎がテロリストに拉致された。だが、首相は、この事件をなかったことに。用無しになった二人を、テロリストはジェット機から突き落とす。その瞬間、賢一は復讐を決意した!

●好評既刊
魔界の塔
山田悠介

「絶対にクリアできないゲーム」があるという。ゲーマー嵩典の友人達も、噂のゲーム『魔界の塔』に挑んでプレイ中に倒れ、次々と病院送りに。画面に現れた「お前も、石にしてやるわ」とは一体!?

●好評既刊
リアル鬼ごっこ
山田悠介

〈佐藤〉姓を皆殺しにせよ! 西暦3000年、国王は7日間にわたる大量虐殺を決行。佐藤翼は妹を救うため、死の競走路を疾走する。若い世代を熱狂させた大ベストセラーの〈改訂版〉。

奥《おく》の奥《おく》の森《もり》の奥《おく》に、いる。

山田《やまだ》悠介《ゆうすけ》

平成27年8月5日　初版発行

発行人——石原正康
編集人——袖山満一子
発行所——株式会社幻冬舎
〒151-0051東京都渋谷区千駄ヶ谷4-9-7
電話　03(5411)6222(営業)
　　　03(5411)6211(編集)
振替00120-8-767643
印刷・製本—中央精版印刷株式会社
装丁者——高橋雅之

幻冬舎文庫

ISBN978-4-344-42383-1　C0193　や-13-14

幻冬舎ホームページアドレス　http://www.gentosha.co.jp/
この本に関するご意見・ご感想をメールでお寄せいただく場合は、
comment@gentosha.co.jpまで。